闫文盛的写作姿态与众不同。他与自己纠缠在一起,与世界纠缠在一起。他满怀激情地向当代中国文学灌注了"思"的品质,令人联想到尼采和卡夫卡的写作。

作家 西川

在人间低处

闫文盛——著

济南出版社

图书在版编目（CIP）数据

在人间低处 / 闫文盛著. -- 济南：济南出版社，2024.3
（文学新势力. 第二辑）
ISBN 978-7-5488-6174-4

Ⅰ. ①在⋯ Ⅱ. ①闫⋯ Ⅲ. ①散文集—中国—当代 Ⅳ. ① I267

中国国家版本馆 CIP 数据核字 (2024) 第 049637 号

在人间低处
ZAI RENJIAN DICHU
闫文盛 著

出 版 人　谢金岭
责任编辑　姜天一
装帧设计　焦萍萍　刘梦诗
出版发行　济南出版社
地　　址　山东省济南市二环南路1号（250002）
总 编 室　0531-86131715
印　　刷　济南新先锋彩印有限公司
版　　次　2024年3月第1版
印　　次　2024年3月第1次印刷
开　　本　145mm×210mm 32开
印　　张　7.25
字　　数　156千字
书　　号　ISBN 978-7-5488-6174-4
定　　价　36.80元

如有印装质量问题 请与出版社出版部联系调换
电话：0531-86131736

版权所有　盗版必究

文学新势力 | 学术筹划 | 中国作家协会鲁迅文学院 北京师范大学国际写作中心

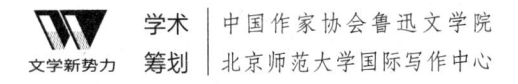

编委会

顾　　问	莫言　吉狄马加　吴义勤
文学导师	余　华　苏　童　欧阳江河　西　川
主　　编	邱华栋　张清华　徐　可
编　　委	王立军　周云磊　李东华　周长超
	刘　勇　张　柠　张　莉　沈庆利
	梁振华　张国龙　翟文铖　张晓琴

总 序

张清华　邱华栋

2012年10月，莫言荣膺诺贝尔文学奖，再度激发了国人的文学激情，也唤醒了高校在文学教育方面的旧梦，其中就包括北京师范大学。因为一段至关重要的学缘，莫言曾于1991年获得了北师大授予的文学硕士学位，而此刻，作为母校的师大自然倍感荣耀，遂立刻决定成立北京师范大学国际写作中心，并邀请莫言前来担任主任。中心成立之初，其核心职能——文学教育和创作人才的培养便被提上了议事日程。

需要稍加追溯前缘，才能说明这套文丛的来历。1988年，由当时在研究生院任职的童庆炳教授牵头，由北京师范大学提供学制条件，牵手中国作家协会直属的鲁迅文学院，共同招收了首届作家研究生班学员。那时的学位制度还相对处于比较早期的阶段，各种规章还没有现在这样严苛和完善，所以运作相对容易，招生考试环节也相对宽松。由此，一批在文坛已崭露头角的青年作家，便被不拘一格，悉数收罗。之前，他们中的很多人——除刘震云作为北京大学中文系77级的本科毕业生外——并未受过太正规的教育,他几乎是唯一一个出自正宗名门。余华只是在浙江海盐上过中学;莫言之前虽有两年解放军艺术学院文学系的学习经历,但更早先却是连中学教育未受完整;严歌苓、迟子建等差不多都只是受过中等专业教育。其他人我们未做过严格的统计,但可以肯定,其中大多数未曾上过大学。然而不容置疑的是,这些人是那时中国文学最具希望的一批,是青年作家中的翘楚,是未来文坛的半壁江山。从这里出发,二十年过后,他们的确未负众望,为中国文学争得了至高荣誉,也几乎成为一代作家的代言人。

很显然,这成为北师大和鲁迅文学院一个共同的记忆,一笔不可多得的财富,无论从哪个角度看,他们都是两所学校引以为豪的历史。在这样一个背景下,重拾昔日文学教育的前缘,找回这一无双的荣耀,也就是很自然的事情了。

因了以上的缘由,2016年,北师大校方经过认真研究,参考过去的合作模式,从全校不多的单招单考的硕士名额中拿出了20个,交由文学院和国际写作中心,来寻求与鲁迅文学院合作,并在中国作家协会的大力支持下,于2017年秋季正式招收了"非全日制"学术型文学创作硕士研究生。为了省却过于烦琐的学科规制,我们在"中国现当代文学"专业的二级学科下,设立了"文学创作方向",并采用了"学术导师"加"创作导师"联合授课的培养模式,以给学员创造更为合适和充分的学习条件。鲁迅文学院则为他们提供居住和学习的物质条件,以及日常的管理,并拟在培养方案中结合鲁院的讲座制培养模式,两相结合,尽显特色互补的优势。

同时还必须指出，有几位至关重要的人物支持了这项事业：时任北师大的校领导，特别是董奇校长，对推助写作中心的文学教育工作给予了大力支持，在制定相关体制机制方面也给予了诸多指导。晚年在病中的童庆炳教授，多次勉励我们，要传承好过去的经验，大胆探索，争取把工作尽早落到实处。中国作家协会，作协党组，特别是铁凝主席，也给予了热诚关怀，时任书记处书记、分管鲁迅文学院工作的吉狄马加同志，则在工作中给予了非常具体的关心和指导。

参与该项工作，制定合作规划、培养方案、课程体系，以及日常服务管理等诸项事务的，便是本文的两位作者：时任鲁迅文学院常务副院长的邱华栋和北师大文学院负责研究生教育的副院长兼国际写作中心执行主任张清华。整个过程中，要想实现两个职能完全不同的单位之间的密切合作，在所有培养工作的环节上都无缝对接，是一个至为琐细的工作，难以尽述。好在这不是一个"工作汇报"，我们在此也就从略了。主要想说明的是，两校之间目前的合作进行得非常顺利，一切都在愿景之中。

迄今为止，该方向的研究生已经招收了三届，共56人。从总体情况看，达到了预期的要求。在学员中，有鲁迅文学奖获得者乔叶、鲁敏，有多位全国少数民族文学奖获得者，有"70后""80后"广有影响的青年作家，像东紫、杨遥、朱山坡、林森、马笑泉、高满航、闫文盛、曹谁、曾剑、王小王，等等，他们在文学创作上都已经有了相当出众的成绩，或是十分丰富的经验，然而他们共同的诉求，又都是对"充电"的渴望，有成为大家的梦想，所以因了冥冥中某种命运的感召，汇聚到了一起。

关于文学教育，历来也是分歧明显众说不一的。有人坚称"大学不培养作家"，这话在一定程度上是对的。大学的使命很多，成败的确不在乎是否出产了一两个作家。但这话的"潜台词"值得商榷——其意思是有偏见的或轻蔑的，是说"你培养不了作家"，"作家不是谁都能培养出来的"。这当然也对，没有哪个大学敢说自己"培养"了几个作家，而只能说，他们那儿"走出了"哪些作家和诗人。但这么说是否意味着文学教育的无必要呢？似乎也不能。因为按照上述逻辑，我们也可以反问，大学不能培养作家，难道就可以"培养"经济学家、政治家、科学家和法学家吗？谁又敢说他们"培养"了那些伟大和杰出的人物呢？

很显然，各行各业的杰出人才，都是很难通过"订制"来培养的。但从另一方面说，大学又必须为人才提供成长和受教育的条件，从这个角度看，宣称大学"不培养作家"又是不负责任的。回顾当代文学的历史，文学的变革和作家的成长，与大学教育的恢复和发展密切相关。"文革"及"文革"前大学教育的草创和荒芜时期，也出现过许多作家，但他们要么是从战争年代的洗礼中锻炼出来的，要么是在长期的自学中成长起来的。因为没有条件受到良好的教育，他们的文学道路多舛，艺术成长和成就也都受到了限制，这是人所共知的常识。正是"文革"后教育的全面恢复与发展，才使得文学事业出现了人才辈出蓬勃兴旺的局面。

所以，正确的理解应该是，作家是无法培养的，但文学教育是必需的。当然，文学教育对于高校而言，其目标确乎主要不是"培养作家"，而是为所有学生提供一个素质养成的环境条件，这才是成立国际写作中心、引进著名作家执教的核心意义所在。换句话说，能不能出产一两个作家或许不是最重要的，其培养的人才是否具备写作的能力，能否成为文学的内行才是重要的。传统的文学教育虽然有各种各样的问题，但是所培养的读书人大都是既能够研究，又可以写作的双料人才。新文学的早期，大学的文学教授也多是学者和作家两种身份集于一身的，之后才逐渐文脉不彰，大师不存，大学教育渐趋沦为了工具化和技术化的知识教育。

但无论如何，北师大与鲁院联办班的这一培养模式，其目标还是直接而干脆的，就是"培养作家"。当然，这培养不是从"育种"开始的，而是"选苗"和"移栽"的过程，甚至有的就属于"摘果子"。即便是后者也不是无意义的，当年莫言、余华、刘震云、迟子建等人，早在进来之前就是声名鹊起的青年作家了，录取他们无疑也是"摘果子"，但系统的阅读与学习，大学综合环境下的熏陶成长，谁敢说对于他们后来的写作没有助益？所以，我们坚信这一工作是有意义的。

最后再来说说这批作为"文学新势力"的新人。显然，他们大多属于"80后"至"90后"的一代，较之他们的前辈，这批新人的主要差异在于代际经验的不同。前代作家的成长期大都经历过历史的大波大澜，童年也大都有原初和完整的乡村生活经验，所以某种程度上还是受到"总体性经验"支配和支持的一代作家。莫言笔下的"高密东北乡"，可以说寄寓了他对于农业社会生存的全部感受和想象，也寄寓了他对于现当代中国历史巨变的全部记忆与理解，读之如读一部血火相生、正邪相伴、生死轮替、魔道互换的史诗。这种具有总体性和原生性的经验与美学，在下一代作家这里早已变得不可能，他们都命定地处在某种"晚生"和"后辈"的自我想象之中，不得不在碎片化、个体化的历史经验与记忆中探索前行。

这些都并非新鲜的话题，只是重复了前人既成的说法。但这也是所谓"新势力"的根基与合法条件，"新"在哪里，又何以成为"势力"，这是需要我们想清楚的。在我们看来，所谓"新势力"其实就是指：一是有新的文化特质的，他们在文化上所拥有的"新人"特色或许很难用一两句话说清，但一定是更具有个性、自主性和独立思考的一代，是拥有新知和新的经验方式的一代，是用新的思维与视角看待人生与世界的一代，是在网络信息时代生存和写作的一代；二是有新的美学属性的，这些属性自然更难以总体性的概括来描述，但毫无疑问他们是具有陌生感的一族，是难以用传统范型所涵盖和统摄的一族，是游走和不确定的一族，是空间化和个体性得以充分彰显的一族，当然，也是相对琐屑和相对真实，相对平和和相对日常性的一族。有时我们觉得是这样满足，但有时我们又会觉得，他们离着理想的文学，离所谓普世的"世界文学"的距离越来越近了。

旁观者说一千句，不及读者自己去观照、去体味其中的丰富和微妙。"总体性"之不存，我们的概括也自然显得苍白无力，不如读者们自己去一一打量和细细辨识。

看，这就是"文学新势力"，他们来了。

"文学新势力"第二辑
出版说明

"文学新势力"第一辑于2020年初出版之后,引发了各界非常强烈的反响,也激发了文学创作专业的学子们更加高涨的创作热情。不只非全日制的"鲁院班"——北师大与鲁迅文学院合作招收的文学创作研究生班的同学,连全日制和其他专业的学生也纷纷发来他们的作品,希望能够加入这套文丛的后续出版。基于此,我们在当年,也就是2020年的下半年,又遴选了近二十部作品,经过专家与编辑的几轮精选,最终确定了第二辑的这十二部作品。但因为疫情等因素的影响,该辑的出版工作也一再延宕。现在终于面世,标志着我们的文学教育又有了新成果。

需要说明的是,本辑作品的构成,在文类上实现了多样性的变化。第一辑完全由中短篇小说集构成,而这一辑中,则有了超侠的科幻小说集、舒辉波的儿童文学作品集,有了闫文盛、向迅、曹谁等人的散文随笔集,同时也不再仅限于"鲁院班"学员,增加了毕业于全日制文学创作班的新锐青年作家,如目前工作于鲁迅文学院的崔君的小说集。从文类上说,该辑作品除了诗歌缺位以外，确乎显得丰富了许多。

另外，还须在此特别说明的是，截至该文丛出版之时，北师大与鲁迅文学院合作招收研究生的工作又延展了四年，至2023年，已招收了七届学员。负责鲁迅文学院工作的领导，也调整为吴义勤书记和徐可常务副院长；北师大文学院的领导以及研究生培养工作的负责人也发生了变更，所以本辑的编委会也做了相应的调整。

特别鸣谢中国作家协会张宏森书记，以及李敬泽、吴义勤副主席等领导的大力支持，也感谢北师大校领导以及文学院的大力支持；特别鸣谢济南出版社领导的鼎力托举。各方力量的凝结汇聚，才共同促成了此番盛举，为新一代青年学子和青年作家的成长营造了更好的环境。

2023年12月

自　序

闫文盛

　　《在人间低处》是我对"人间烟火"的触及。我知道自己写了很多年诗，诗歌的力量化为刻骨的印痕进入散文；但从根本的属性来讲，人间烟火仍是我书写的主体。尽管出现在我笔下的烟火，都片面、局促，仅仅落在了"人间低处"，但它们仍然是无比真实的。我坚信，我已经很多年无法写下这些具象而真实的文字了：由于《主观书》的全面侵入，我的笔下皆是万物空空的幻象，而脱离了这种情绪来写散文的时刻越来越少。在《主观书》之前形成的一类文字（包括《天是怎样黑下来的》《世事如烟》《散落的日常》等各个散文系列），收录于本书中，可以视之为我的生活自传，它们是无法被空空幻象替换的——因此是"泥泞"的象征物，在很多时候可以为我增饰。《主观书》（包括《时间的戈壁滩上》《恳谈录》《空壳子》等）是心灵自传，这种笔墨更为脱离生活表象，多数都如飞鸿，总是难以落地——我对它充满了太多的自得和忧愁。

　　两类文字是不一样的。书写它们，是我自二〇〇〇年以来长达二十三年的工作。《在人间低处》，是在写生活尘埃；《主观书》则在写思想尘埃。如今深处黎明，我还想说的是：《在人间低处》是时光源头，对我而言，可谓"万法之变不离其宗"，因此是我愿意拿来作书的题目之用的；我用心地写作这类生活自传十二年，一直到二〇一二年年终。之后十一年里，我再未直接地写这类象形于生活的尘埃。《主观书》是空荡荡的，像无根之木，实则不然，它的根便是我所经历的四十五年尘埃。

总之，无论如何，我将这所有的文字写了下来。将诗歌的根骨作为替代、指针和方向，写入散文。我纵情于这样的书写二十三年。我在书写中所体会的那些磅礴的力量，延续出了我在写作时的寂静、审慎和时常逾越自我感知的自由——我在此说的是我的恣意幻想。《主观书》原有一些笔墨，看似不知所云，但更蕴藏了我的未来。当然，基于理解方面的障碍，迄今我仍倾向于将它们消隐一些时辰。如今编辑入集的文字，主体并不复杂，但可能极单调；骨肉相连续，但彼此间仍觉孤零零。《在人间低处》不是足够入世，《主观书》也未必绝迹尘烟。我想这或是一种近于真实的状态，它是散文化的，不可完全捕捉，但千头万绪，均有依凭；能够多少意会一些，但所见所思，见仁见智，未必便是作者的初衷。文学是什么？我更倾向体现于性情的千变万化，瞬移之法于此运用，是因为我们在当下，那种自如、自在的写作已经受之于一种前所未有的新力而融入了更大的洪流。我着意地写入了这种新力。

整本集子，也是我写给这个世界的家书。当我将"意义"上升及此,我觉得自己想说的大体便都说出来了。我在这里所写的,似乎纯出一念,因此它的单调必不可少。但或也因此,它的内在少了一些烟火万状中的杂质,它或许便是那种最真的烟火。至少对我的二十三年而言,我知道自己是为了什么而活着的。

是为序。

目 录

上编　在人间低处

"铭刻在地面上"　　2

写给儿子的札记　　33

天是怎样黑下来的　　46

世事如烟　　49

温柔归故乡　　60

小事物　　66

散落的日常　　79

购房记　　90

装修记　　103

下编　主观书

植物学家的女儿们　118

时间的戈壁滩上　124

苍古谣　134

迷宫动物园　145

恳谈录　153

厚厚一叠信札　169

破坏者的注解　170

空壳子　186

山峰的存在史　199

上编

在人间低处

记录生活的尘埃

"铭刻在地面上"

一

我从树上摘下了一片叶子，我熟悉这片叶子，因而有一个须臾，我觉得我就是这片叶子。

我的写下、剥离和粉碎都是旧的，我从来都没有使它们获得新鲜的意义。这使我意识到了我可能达到的漠视的奇迹！

在人间低处，困倦是压倒性的，所以它终于流行起来。

我之所以有思想压力，是因为我对人世的表述不足。我所写下的千万个句子，都算不上是我的表述的核心成分。我对于自我的嘱托要大过我梦想的弹簧之力。我需要绷紧我的抑制的可能性，否则那不加控制的爆破会打碎整座山脉的巨石。那些漫天飞扬的事物，仅仅是我紧张思虑的小小局部。我需要在阅读中获得安慰和渗透，我需要利用阅读的成效来补充我梦幻的狼藉和不足。

二

四十二年行如奔马。人生何事慌急？不觉鬓已星星也。

那粗略的生死，没有抉择的句子，是谓"生不由己，死不由己"。即使没有生死，晨雾仍是茫茫。时光湍急却并未写下片缕，"铭刻在地面上"。

空气中的蒸馏水，大河川的冰。黎明无梦的骤醒。

远处断断续续的狗吠，被打散、发布在地面上，成为"黎明无梦的骤醒"。

成为爱恋的背景。成为黄昏音乐。成为此世"最逼真的狗吠"。

成为一道霞光。成为一枚月色。成为少年奔行志。成为我的"追忆逝水年华"。

花束扎根于尘埃。那落花的衰败自然也在"扎根于尘埃"。那来生的钢铁志依然扎根于尘埃。万物啊，可为此黎明时的静止与喘息比拟？

诗歌没有发芽。不生长。它如同一束束尘埃，被均匀地铺排在地面上。被碾压的重如缥缈峰洗涤。被记忆和集合的"人类"急行军洗涤。

被你的幻景幻物洗涤。匆匆过客奔行何意？被建筑物凌空的存在和顶部棱角洗涤。

旅社茫茫。你藏下你的生死漠然到大小磨盘。

三

沉重的暮色降下来，转眼把整个城市都覆盖了。从这条斑驳陈旧的老街上经过，沿途可以看到亮着灯火的理发铺里人影稀疏，给人一种生意惨淡的直观感受。奇怪的是，理发店里射出的光线是粉红色的，给人一种暧昧的联想。似乎很少有人在理发铺门前驻留过久，但过上一段时间，铺子里的人会到外面来透一口气。男的女的年龄都算不得大，二十啷当岁。男的精瘦，高个儿，留长发，都快披到肩头了，女的涂抹很重的口红，猛一看，像是乡下人进城上戏台，化妆时用了过多的颜料，但却丝毫没有知晓。偶尔有人穿行马路，走过来了，离理发铺的门口很近，看见了，吃一惊，随即步履匆匆地离开。女的笑了笑，从男的口袋里掏出香烟，然后是打火机，然后还要人为她点上。男的就俯低了身子，为她点烟。女的抽起烟来动作娴熟，显然不是一时兴起。看着她吞云吐雾的样子，很容易让人产生怀疑。可是他们在外面停留的时间又不很久，总是一根烟还抽不尽就进去了。烟头扔在门前的石阶上，也并不踩灭，红星儿总是闪闪烁烁的，像掉到地上的星辰。最后一次出来，夜间十点半，男的双手抱在胸口前，斜斜地靠在铺子前的一棵树上，身子一动不动，像是准备道别了似的。女的也一动不动，站在不远处；看不清女子脸部的表情，但可以听到她的声音，她口齿清晰地说"滚"，然后就一转身，回去了。男的也转身，对注视者的目光视若无睹，终于一点点地离开了。高高大大的身影在夜色中一晃一晃的，像是移动着的一棵树。

不久之后，这棵树再度移动着来了，是在一个阳光灿烂的正午。这一次看得鲜明，男的不仅精瘦，而且帅气，只是看人时只用左眼，右眼微闭，属于白璧微瑕，但不至于让人反感。之所以记得如此鲜明，是因为我刚刚在前一日从市中心搬到邻近的楼里，五号楼，五层。站在楼上时恰好可以俯视楼下的旧街。那理发铺就局促地长在街道边，狭小鄙陋，与夜里的景致完全不搭边。大概是没有粉红色光线的缘故，过路人走到近前，可以无所顾忌地逗留，在它窗沿下的石凳上歇脚、咳嗽、吐痰，一点儿客气都没有。有一些日子，屋子里白昼时竟然拉上窗帘，仿佛是，女的把自己封闭了，或者是她离开理发铺外出。这就更增加了不太熟识的人的怀疑，可以理解为她是在经营"夜间的生意"。话说回来了，在那精瘦男子来的这一日，女的把理发用的毛巾什么的都洗净了。她在铺子前的两棵树上系了一根绳子，并在不到十分钟的时间里就搭满了。那男子低着头往里走，在走到绳子前时弯下身子，低了一下头，过去了。我站在五楼的阳台上一直看着他进门，像一个窥视者似的，为了避免阴暗心理的泛滥，在他进门以后我转身进了屋。两分钟后再度站到阳台上时，看见他们已经在理发铺里忙碌开了，临窗的煤气灶上搁了灶具，像是要做饭了。男的和面，女的在择菜，这种场景简直与一个温馨的小家庭无异。这段时间里没有顾客上门，仿佛约好了不来打扰他们似的。我低头看几眼书，然后往下面看几眼。没有什么异常发生。但经过反复多次的观察，我觉得那男的可能是个搞艺术的青年，或者是一个正在就读的大学生。这个结论转瞬间把我淹没了。直到那男的离开，我都没有从这种猜测中撤退出来。

很久后的一天夜里，十点钟刚过，我从外面回来，想着去理一下发，但看见理发店已经关门了，里面的灯却亮着。有几个男子坐在石凳上打牌，动作的幅度很大，不时有人把手抬起来，在空中绕一个弧度，把牌使劲地往石凳上一甩。他们谈论股票、单位里的小破事,还说起新来的小姐,这是习见的话题,我没有觉得怪异。但在我徘徊不定的片刻,有一个人抬头看了我一眼,带着一种奇怪的神色。我盯着他看,觉得他的面孔似曾相识,但一下子又想不起来了。门却突然开了,女理发师探出一只脚,站在了门前的石阶上,问我要理发吗。她好像已经卸过妆了,看起来面容惨淡。我犹豫着说是。她打开门,说:"进来吧。"那刚才看我一眼的男子突然喊了一声:"红桃K,你们交牌吧!"然后,他拍拍身上的土,站了起来,精神头十足的样子。我想起来了,他就是那个被我观察过的男子。只是,他不再可以被形容为精瘦了,因为已经明显发胖了;也不再左眼看人,而是双目炯炯,盯得人心里发毛。他抬脚进理发铺的门,朝三缺一的牌局说:"不玩了,生意来了。"女的已经站在屋子里,反手把门一摔,说:"与你无关,出去!"那男子的脚好像被门磕了一下,他大喊了起来:"你要做什么?他×的,你想搞死我吗?"我尴尬地站着,有些意外地看着两人争论。打牌的人都站了起来,说:"散了散了。"路旁还有寥落的行人,都侧目向这边顾盼。我突然被一个女人看了一眼,刹那间,好像成了第三者似的。一辆拉着重物的大卡车从街面上驶过,这条旧街上马上灰尘涌动,带着浓重的土味。我带着一个窥视者的不良心理离开,额头上渗出细汗。车辆经过后,街道已经疲惫不堪了。我突然涌上了人在异乡的孤单和虚幻感,它们渗入了我的每一寸肌肤。

　　理发师姓刘,我马上就知道了。我知道的事情还有:她曾经漂泊到青岛、北京,最后才在这个城市居留下来。但这也不是她的最终目的地。她的目的地在哪里?我想,应该是某一个强壮男子的臂弯吧？我想起来那个男子。自从那次吵架之后，他已经连续好几个月没有来了。我曾经试图问过他们的关系，都被她支吾着搪塞过去了，当然她只是不愿意得罪顾客而已。我也谈不上有多好奇。她大多时候给自己上浓妆，似乎积习难改。偶尔有一天，大概是起得太早，我从街道上经过，看见她去买菜，只涂着淡淡的口红，眼睛是正常而素净的，就有意多看她一眼。她的面孔疏朗而大方，但不秀气。这是在想象中的，我觉得比妖艳要好一些。常常有人与她攀谈，甚至渐渐地有人有事无事都跑到她的铺子里，权当休憩。有时是白昼，有时是夜间，一两个男子，在别人的眼皮子底下磨蹭到很晚。突然降临的深夜，让人感到不安。她在男子的注视中修理指甲，不说话；在男子的注视中洗脸擦脖子，也不说话。甚至在别的男子的注视中脱去外套，露出饱满的胸部来。从头到尾，她都沉默着，不说话。因为夜深了，她以自己的寡言做出逐客的样子来。让人不解的是，悬挂在墙壁一角的电视机一直开着，音量很大。她洗漱完毕，就聚精会神地看，有时打着一件黑色毛衣，不知道是打给谁的。有一个夜晚，我从外面经过，看见她拿着毛衣在一个男子的身上比画，其他的两三人都坐在沙发上，津津有味地看着一部韩剧。她已经把铺子里的大灯关了，拧亮一盏小台灯。我突然发现，这小灯的光线是粉红色的。

但是粉红色的小台灯光线暗淡。深夜里的理发铺，被笼罩上了一种怪异的气氛，像一部悬疑小说的开头部分。我无法深入其中。日子一天一天过去了，但层次并不分明。我经常把理发铺忘掉。只要出差在外的时间过久，旧街上的一切场景就变成虚无。

我在回到租住地的时候使劲安慰自己，这一切都再正常不过。直到理发师的生活更加深入地展开的时候，我仍然在自我开导中勤奋地混日子。

冬天里的一个黄昏，我看到理发铺的门前聚集了许多人。那条搭衣服的绳子被扯断了，只有一边系在树上，另一边已经耷拉在地上，还拖着一块毛巾，就像拖着一条死鱼似的。人围得太多了，看不出谁是肇事者。我使劲地往里挤了挤，看见窗户也遭到了破坏，地面上落了一大片碎玻璃，进一步确定了是有事情发生。但仍然看不出谁是肇事者。围在周边的一圈子人，都是无辜的看客。夜间很冷，人们都穿着厚厚的衣服。到底是怎么回事？怎么回事？我接连问了几个人，但没有获得答案。因为觉得似乎是邻居，我突然对理发师感到深深的好奇。她马上就出现在我的视野中了，头发披散着，依然是厚厚的浓妆，眼角有泪。她在石凳子上坐着，不知道已经坐了多长时间，脸被冻红了。她的目光原本是平直而漠然的，忽然往起抬了一下。就那样，她的头仰起，对着众人说："你们围在这里做什么？看老娘的热闹？老娘又不跳脱衣舞！"人群稍微松动了一下，然后就一点点地往外退开。这个效果不很明显，大约是人多之故，里头的撤出，外面的往前挤，里三层，外三层，照旧围了个水泄不通。理发师擦了擦眼角的泪，执着地看着眼前的人，然后一字一顿地说："都——滚——吧！都给老娘滚蛋！看什么看？小心得白内障！"她的声音一下子高了好多个分贝，在场的所有人都听了进去。人们稍稍犹豫一下，然后哗地散开。这一次，围成铁桶一般的人流像得了命令似的，理发铺前出现了巨大的空洞。

当天夜里，我居住在五楼上，这一点与往常都相似。但我的视野里出现了空洞，这一点，与楼下理发铺前的空洞有整体与局部的不同。理发师在那空洞里呆坐到夜深，伴随着隐隐的哭声。开始时无法判断源出何因，后来，一直关了很久的理发铺的门突然被拉开了，有一个男子从里面出来，拉了拉她的衣袖，她毫无情由地反抗、撕打，他的脸部被抓伤。这都是被我看到的。我后来还看到这男子怒气冲冲地拂袖而去。她站起身来，追赶了他几步，拉住他的衣服，他转过身来，扯开她的手。他们像在玩拉锯战似的，你进我退，你退我进，最后终于以他的妥协告终。他放弃了离开的打算，随着她进了理发铺。这一切都是在眨眼间发生的，但我以为，它是日常生活的暗部。它不欢迎被窥视。充当这样的角色让我感到羞耻，但我还是在想象中找到了快乐。以后还有一段时间，我只能在想象中寻找快乐。

第二天，我在楼下碰到理发师的时候，她的面部艳若桃花。但这一次，她没有上浓妆，只有淡淡的香水味缭绕在空气里。她快乐地冲我打招呼，说："上班去？"我说是。然后她顺嘴说了一句："我要搬家了。"言语中，似乎把我当成了一个熟识的需要道别的人。这一天下午我回来的时候，理发铺已经空了。石凳子上又坐了一堆打扑克的人。那屋子里的陈设都没有了，只有一张没有被带走的人像画，看上去像一个女明星。再看，又像那个已经离去的理发师。我被弄糊涂了，因为二者反差太大了，所以才会出现这样的效果：那个画中人虚虚地占满了半个墙壁。有一些想象迅速进入了我的日常生活。

四

我住在这巷子里，夜阑更深听到有鸽子叫，然而自我醒来，天色仍旧漫漫地亮了。这天气转眼间已经是如此分明，但是暗夜的潮气仍旧在，一片片打湿了院子。外面有人声，是俚俗的乡音，简洁而近似轻佻。并且狗也在隔壁的院落中狂吠，凡有行人路经，一个都没有放过。我听得外面的步履加快，连带斥责都于仓促中遗落。那狗的叫声果然使人生厌。然而没有它，早晨只是寂静的，不至于欢腾起来。家家户户的灯光在太阳未出时是亮同白昼，及至晨间，只是一点点垂落在壁间。早起的人一个接一个地起来，在院子里洗漱，接下来便是安排一天的生计。秋天是景色如此鲜亮的一个光景，这时节里，农时占据主导，代替了所有的人事。我无法观察所有的人，因为早饭未过，一天里的忙碌便开始了。倘若有一件事做，我仍旧会关门闭户，像身在家庭里，人却隐居了似的。这期间有人过来翻看我读的书籍，瞧我在写了什么，我也是尽量如常，且并不答言。这只是一个特别世界里的分工，倘要解释，也只是一句无奈的话。而如果我不做文章，照样会参与到其他人的忙碌中。日子仿佛也可以是这样的闲散，在两类人看来，便有这样的不同。而今我身心与职业俱离散，反见了职业之外的事，有一种格外的亲。

这巷子并不长，走一个来回，不过是半个小时的事。然而我在这里静静的，因为路上遇到的人都不识。唯路边人家有红枣出墙来，半空里悬挂，却每一颗都似曾见过的。在这里我若与人言，说自己早些年便走出，而今是返回了，也丝毫不为过。回头望时,有一条砖砌的胡同,记录了寻常世界里的多少光阴。当我觉察到了这光阴的悠久,而旁边仍旧有摩托车辆载了居民从宅子里出来,这情景,便与任何别处,全无丝毫不同。可早晨有冷气,人像从清水里拎出来似的。那天空,在人抬头望时,眨眼间也如水洗过的一般。

这样的日子,原来别有一种情致。因为是这样勤谨踏实的人家,任何事情做得井井有条,没有半点含糊过的。其时我以一种特殊身份居住在这里,日子久了,倒仿佛从来没有离开过一般。而这样的岁月里,乡思却又分外浓重,好比相见的是儿时伙伴,便不由得会念及家里人。

我是在这里时发现了生活的另一种规律。如果不是这样的日常,我总会找出千般理由,认为还有一种规律比这里的更高。当我这样想时,其实也明白一个最为基本的事实:高下之分在生活的界限里是不存在的。可如我们这般聪明的人,总是会将目下与书里讲述的人事连接,好比说:书上一日,世上已千年。知道了这些,觉得社会沧桑更替,人事日非,便是再也寻常不过。有时午间饭吃过,日光高照在床前,眼里显现的人与事物都那般那般近,那般那般可亲,我就觉得岁月迢迢有层次,端然间万虑皆消;而且我能够在这里写了许多字,并且终日里得闲便忙碌于农事,仿佛儿时旧梦重温,已经回到乡下那长长的日子。产生了这种感觉时又想自己的行为是可笑的,却连院子里孩童四处喧嚷听在耳中都觉得烦了。人世间就是这样的琐碎与平淡。下午时间又到大街上走,遍眼皆是熙熙攘攘的人众,购物访亲的都齐聚在了一处,从这个头望过去,可以看到了那个头。原来这里的狭小,反叫人觉得没有了压力。而街口的古树和镶了字的门楼是沿袭了岁月一天天过来的，它们用心见证了一切，又用树身的斑痕和门楼上的锈色将这些记录了下来。

有时我们站在客观的立场品评人事，觉得世界本色如常。但我们要去谈论身边的事物与人，却觉得这里成了一个例外。譬如我这里写到的这一条巷子，几乎就是中国小城镇的微缩版本。它的入口处站立的居民，是我们在民间电影里习见的人群。他们的着装也是普通的，没有什么特色。他们口中的方言倒是带着独特的韵味，甚至在某一个音节上有着奇妙的回旋，并且有些字句，与我理解的会有出入。但如此种种，都使我意气感激。我跟踪了他们，看着那些人自门户里出来，在自家院门外嗑着葵花籽，说些家长里短。有一户人家要娶亲了，就在巷子里搭了高高的篷布，这一处，因为是阔敞的，所以也还没有使人感觉拘谨。而忙碌于婚事的人们偶尔会抬了头，诧异地望着来去的不熟识的行人。娶亲的这家院子，却陷在了一个低处，看得出，是一所几十年的老房子了，为了亲事已经装修一新。下午三点多钟光景，摆了宴席的桌椅都还立在当街，阳光浓烈地照着，那街上行人，俱是满脸的喜气。

这一回，我看着那些人，连自己也是喜悦无尽。然后便径直回了。等到我离开婚礼的场所已远，身在小巷的深处，连同看天，也觉着了逼仄，心身里却突然发现了岁月的荒疏。我盯着屋里人看，她的举止动作都相宜，民间话里说是宜室宜家。我便在心里渐渐安定。那荒疏的时间终究聚拢了，形成一个怪异的气场，把我的过往岁月全部笼罩其中。我还去了附近的小学校，是在巷子的更深处。却又因为是假期,看不到一个人。而附近的尘土扬起,像时间上行。我在心里默念,如是再三。我是为这秋季祝福。此外我还为这秋季里的人与事都祝福。下午五点多钟,世界里晃晃荡荡一阵惊动,这深巷里已经有人在准备晚餐了,炊烟暮霭里,我就一心一意写我的文字。天地安宁,我再不会无端里惊恐。

五

转出这条巷子向右,便是一个小小市场。逢年节或者庙会的日子,川流不息的人群从四面八方涌过来,聚在这里看布料的质地颜色,谈论日用品的价钱,偶尔会有人高了声腔争辩,但也不是吵闹。我头一次来时就赶着了这样一个日子,被长长的人流裹挟了脚步,及至我们下车,又一下子挪动不开,还是用手掰开了身边的人方才穿出去。沿路所见俱是脸带喜色的人,好像买彩票中了头彩似的,站在你的面前,仍旧肆意地笑。这个感觉与我们想象的不同,或者到了记忆里,与实际的情形也是不同。因为那笑是在脑子里凝定了,而且盘踞了一个大的时空。现今我写下来时方才惊觉,这个日子距离我的记忆多么久远,而且那时间那地点也似乎变化了,人物的声音都有了些许不同。等到我站住了回头,所有店铺的门都打开着,所有人都急匆匆走,天气呢,像一个孩童的脸,说变就变。这样就形成了一个雨水天,长长的丝线扯成一个大的缎子,在面前铺开了。我觉得这又是一部小说的开首部分,写:我第一次去某某地时,便落雨。可现实的处境却是那么分明。身边人说:"你的记忆有误,这不是第一次的事了。"

我来了这里有两次、三次，或四次，每一次来时都觉得下一次便即刻在眼前。可时间迢迢走过，那集市里人不会记得我。那尚未长成的小女儿不会记得我。当我用了自己的思念来加深，或者干脆每一次都沿了同样一条路缓慢地走，也并没有将任何一个值得记住的瞬间留驻。夏天的绿色秋天的黄都次第轮换过了，连带树木都觉得一次更比一次老去，似乎是这样平淡的光阴里，已将人生种种况味都写尽。但我在这里了，看见草木长、莺燕飞，或者还有蔬菜几番番开花，田地一季季荣枯，一概地，又都平常得像我从未离开过，我的人、身与心都在这里。院落里的鸟雀儿单单还可以听得懂我的脚步，自我进了门，便都"咯咯咯"地叫。我或者与它们是没有隔阂的，因为夜里睡得深，连梦境都潜入了很荒芜的层次，自己便似脱离了人的境界，要学那鸟儿飞翔了。许多年前我写作文章时便用这样的字迹来记录乡村，那会飞的鸟儿，便觉是生命的一个大写意。可青天白日里，我却只能看看云空里那鸟影。当我醒时，所有的鸟儿都穿房越脊，倏忽间飞得远了。

我极其偶尔地，会捕捉到一只鸟儿的落脚处。巷子口上，那根电线杆子，像瘦高的巨人伫立，而那鸟儿便落在这个巨人的顶部，在叽叽喳喳地叫唤。如果我可以在鸟儿身上装一个窥探器，站在高端里看，整个集市和万千人物便尽收眼底了。这里是我曾经平视的人们，男女老少，各个相陪相送，走动在正午的街头。阳光呢，是温煦而匀称的，带有平淡世界里的点滴人情意。阳光下的人们或者觉察到了，或者仍旧没有，当鸟儿凌空望时，他们是身在地面上却幸福而坦荡的一群。如果站在人的角度看市场，一切仍旧像从前，因为在这里的日子久了，所有细微的变化都浑似没有。或者某家的店面换了新，或者店里的陈设变了，也只是三天两日的新鲜。某一日，这里也会走过一个两个外地人，言谈举止都不带丝毫土著气，是他们注意到了这里与外面的迥异种种。这些人或者说着别处的方言，相互间议论，要把这里的世俗风情用画笔记录下来。这项工作延时很久，几乎把集市里的所有人都惊动了。

　　这个集市是怎么入画的呢？那正在忙碌中的艺术家不会告诉我们这些。但我们在旁边观察久了，便会总结出他们的思维角度。当我们设想自己的身份变化了，并且采用了浓墨重彩去勾勒，那画幅便跃跃然成了一个活物在我们的身前延展开来：那街边的树木都瘦削骨立，那挑檐的建筑都是仿古的新构架，唯有那走动于集市上的少女带了生动的颜色，把整个画面带出了一丝丝青春气。这样的布局，另外一些艺术家却是看不上的，因为他们笔下的集市都抽象，且看不出点滴现实的痕迹。只他们的眼神尚且在这里，是凝重端然的。在这时倘若有人靠近来看，他们便或会在心里笑旁边人的清俗气。但这里人真正是清俗的，只刹那间烟火人间又变成了艺术家的工作室。而生意人在旁边依然说着生意上的事，购物者依然在旁边比较着物质的价钱。他们连议论人的口舌都收敛起来了，拿此时比拟岁月，就觉得身边呼呼有风声。

　　此刻集市上，开敞的空间早已形成了一个空气对流的好场所。夕阳斜过半山时分，当鸟儿归巢，人群齐齐返家了，那平整的地面上变得人迹稀疏，只小孩儿相互间戏耍打闹，因为风沙扬起，或会遮蔽了视野。小孩子尖声锐叫着，揪扯起同伴的衣襟，或者用已经糊了垢灰的手，轻轻地蒙上旁边人的眼睛。他们说着今天里发生的有趣事情，譬如那几个画家和一个逗留于画家旁边的中年人；而此刻倘若画家还在，会听到他们口中的事实，说今天某个人的画儿是好的，因为那中年人的目光没有一刻稍离。孩子们的眼睛却也是毒辣的，因为他们放任童心，使平静的瞬间也有了清肃的喜意。时间如果再晚些，巷子口便有一家家的母亲在呼喊孩儿归家，要吃晚饭了。这叫声惊动了一只栖息在电线上的鸟雀，它扑棱着翅膀斜刺里向半空飞去。集市上慢慢地就有了黄昏里的静止。当我也溯着这叫声一步步地归家来，心里安然，只觉得这天下世界什么事情都没有发生。我如同是在故乡，旁边树木也渐渐地开始识得我了。

六

带着某种人生中特有的怅惘之情，我离开了食品街。我在此地住了两年之久。

直到所有的旧物已经破碎的时辰，带着此生中不会再有的怅惘之情，我离开了食品街。

而今，以一个过路人常有的好奇心和柔韧而亲切的感受，我来到了此处。

食品街上高挂的大红灯笼，并非我记忆中的旧物。

那些夜晚的喧闹和此刻晨间的阑寂，形成了参差对比。

我的确曾经居住在这里，像拥有旧日时光的囚徒，审慎地穿越了那些街区。

我并没有在这里写下今生中最重要的作品，但是我秘密的命运，曾经在这里开启。

如今我看到了那些积年未变的灰土，它们仍旧潜伏于暗处。

那些尘垢开始变得坚硬、陌生，像我生活到今天的所有意义。

我也开始变得高度陌生化了，每一个曾经与我发生关联的旧人都已经离我而去。

我活下来的全部价值在于重新与生活建立联系，与我熟悉和亲近的人重新建立联系。

我是全新的，可能没有记忆，因此也没有旧物，没有大红灯笼，没有十四年前的食品街。

我毫无怨言地离开了我的生活，我没有在这里写作，没有所得与所失。

没有任何素材，当然，也没有晨景，没有夜间喧闹的事实。

在多次行走他乡的早晨，我看到了那些草木和相似的露珠，但是，我没有做任何对比。

在夜晚与早晨的级差中，食品街上走过了无数的行人。即使是它空荡荡的时辰，也带着高度集约化的生活，那些喧嚣被更高的星空吞噬了，因此在我不加掩饰的回忆中，这里的一切与我的命运没有交叉。我可能误解了我的记忆。

我被我的记忆所囚禁的事实，也在妨碍我对于十四年前的事物做出准确的描摹。

我很少返回到我出生时的故居，直到它被拆毁的时刻。我也很少追溯我的任何生活。

我觉得将我的追溯纳入写作中是错误的,它是一种无聊的做法,且不会获得任何同情。

即使在我最落寞的时候,追查那些未知的领域也远比复述旧日繁华更具有探险般的激情。

我在食品街上看到了许多慕名而来的外地人,我观察他们的动作和他们脸上的星辰。

他们是多么清晰而沉醉地走在了食品街上,就像我时刻满怀憧憬地奔赴别处。

我们不约而同地交换着我们的生活,在想象力和怜悯之心抵达的地方,窥探他人的感触。

那些高低错落的洋房,那些石柱子和民国年间的银行都是这样的,它们是另外的时空。

他人的生活。

它们与我们的当下不同,可是,间杂而居于不同的年代里,几乎就是我们所有的病症。

除了一再地寻求做梦的人,我们几乎没有任何沟通。可是,我们的致幻本能根深蒂固。

在所有人的脸上,都能看到我们的遗忘。那些曲折的街巷,也与我们的未来是没有干系的。我寂静地走在这条巷子里时,阳光从青蓝色墙面上缓缓升起,它多么安详、洁净。

像通体如玉的婴儿,我们目睹阳光下的万千人间在一点一点地变白。

万千色彩,都是从这里发端的。

我们目睹阳光:在食品街上,无数人抬起眼睑,像被上苍重新梳理的思想。

是啊，在这深刻的花房般的人间，我们只能毫无思想地抬起眼睑，看着上苍。

七

在外面的时候，我遇见过一些来历不明的人。我想，在他们的眼中，我大概也是如此吧。谁又能准确地说出自己的来历呢！在我的记忆里，从一九九三年起，我就对自己的身份产生怀疑了。有时候，我无法准确而坚定地说自己是谁——而那个姓闫名文盛的家伙又是谁！我常常沉浸在一种莫名其妙的焦虑中。在离开家乡之后，我为自己的焦虑找到了理由——因为有那么多的人也是如此。他们甚至比我还要迷茫，至少从表面上看来，他们是含混不清的。

我有时候会想想自己的漂泊，也有的时候，我对人讲讲自己的经历。倾听的人对我的言语总是狐疑。我不知道他们凭借什么样的理由认为我就应该是什么样子的！当他们对我的叙述不屑一顾，我会感到一种深切的难过。这种难过偶尔光临我的生活。也有好长一段时间，我的日子平静如水。

在南方的那些日子里，我遇到过一个新疆人。他的年龄大过我好多，我不清楚他漂泊的真正理由。他的身材也高过我许多——那一天，他同我一起走在布吉镇。我记得他背着很大的一个包，那包看起来也很重。他身子朝不背包的那一侧弯着。他要随同我进关。我不知道自己为什么应允他的要求，甚至，他没有直接提出自己的想法我就自告奋勇要那样做了。当时我注意到他的欣喜，我的心中也有一丝丝简单的快慰。后来我们就坐了一辆大巴向既定的方向进发。一路上，他不多说话，只是提醒我不要错过站点。

我带他进关，后来，我还把他送到离我的住所差不多有五百多米的公路上，看着他上车。我记得当时是九月下旬，天气还比较热。那一天刚刚下过一次雨，路面上有些湿和滑，他的裤脚上沾着泥点，再加上他的言行举止中透露出的明显的外地人气息，所以，我想把他留宿一晚的目的没有达到。在我带他进门的一瞬，我注意到旁边坐的朋友脸上闪过一丝不满——准确地说，他是我表姐夫的朋友。他可能想问问我有关这个新疆人的情况，最终还是没有问我，而是直接同客人搭上了腔。我在自己的床上听他们谈话，大约有五分钟，客人留在屋子里，我表姐夫的朋友出去了。我不知道该说什么。

我仔细看了看他的神色——他的神色中没有丝毫察觉。我想大约该送他走了。

第二天，我在深圳都市报社与他相遇。他注意到我，有一丝惊讶。他说："你也来了。"我听出了他语调中的怪异，就点点头，没有说话。后来我办完了事情，提前下来了。我在附近的小摊上买了一份报纸，然后我就看到了他的高大的身影晃晃悠悠地走近。他瞄了我一眼，也没有说话。我心存侥幸，想问问他的情况。但他的脚步没有停留，很快就走到我前面去了。待我走到站点的时候，再没有发现他的身影。

我的这位新疆老兄就这样被我跟丢了。以后，我再没有见过他。

八

　　这是一段长长的路途,骑着自行车往返一次需要一个半小时;如果坐公交,需要的时间更多,大约是两个小时,因为二者之间并无直通车。这正如我这些年来的生活,辗转多变,安定的时日是罕见的。为了改变这种状况,我花费了许多心力,甚至浮在了生存的表面之上,原先被我摒弃的成分都一一回归。

　　但这是一种没有恶意的生活,我从来没有濒临绝望,我相信这也是我们大多数人的生活,即使有低谷,柳暗花明的转机也时时处处存在。我想起曾经熟悉的许多面孔,他们卑微的命运叠映在整个时代的幕布上。

　　"这些年",我以这样的语气开头,可以写作长达一生的浩繁诗篇。迄今我所有的写作都没有脱离这个范畴。记忆,似乎是一座壁垒森严的城堡,却又时时四处敞开,墙头的花草在阳光雨露的滋润下扎根很深。那些远景近景,既是它们的陪衬,又各自形成以自身为主体的独立区域,它们不动声色地存在于更加广大的整个世界。

　　我早已知晓我们的写作与世界整体之间同样存在着一种关系,个体与兼容并包的全局,以及"微弱如浮尘的命运与永恒的时代变局"包罗了这种关系。但早些时候,我们在其中的某个环节停留过久。

　　我反复多次地使自己抽身出来。我观察到自己的症候。推己及人,我想象可以找到一种简洁的方式,把纷繁事物都容纳在一本薄薄的书中表达出来。所谓本质,似乎常常与我们无限接近。

我骑车行驶在路上。两个月前我搬出时只见到雏形的高档小区目前已经完工了，疏朗的外形袒露在夕阳的照耀中。就在大楼拔地而起的地方，先前那杂乱无比的菜市场不见了，数百小贩的叫卖声，也被时光悄悄地吞噬掉了。

我居住过两年半的小区还是老样子。院子里贴着要停水停电的通告。经过门房时，几个年老的人静静地看了我几眼。小区里的树木还在长着，它们没有停顿，如果没有特别的变故，它们在几十年后会进入被砍伐的命运，这似乎是一个命定的轮回，就像人的生老病死一样。

我住过的房子大概没有出售，房东的梦想破灭了，估计是因为价格谈不拢。我敲门后里面探出一颗头来，似乎是刚刚住进来的样子，一个二十来岁的小伙子有些疑惑地问我："什么事？"我说自己曾经住在这里。见他没有反应，我才继续说："因为有的寄信人说有我的信件寄到这里来了，所以过来瞧瞧，这段时间，有没有邮递员敲过这个门？"他说没有。我有些遗憾地指了指钉在单元门口的信箱："如果有信件，麻烦你转告邮递员先把它塞到里面吧。我还得等几月，才可以把信箱撤掉。"他含糊地答应了。

这个人，看样子，是我的下一任房客。

我走到门口时，又看了看我的信箱，仅仅两个月光景，它就变得灰尘满面了。这一点令我倍感诧异，因为即使我们住在这里的时候，也未曾记得擦拭过它。或许妻子做过这件事，但她也已将其归诸遗忘。而送信人大约据此做出过判断，收信人已经离开了，因此直接把信件拿走退回去了。那些有可能到达我手中的信件，就这样失去了目标。如果我的判断成立，那我在辗转迁徙中丢失的信件少说也有几十封了，或许更多。

我在这个城市里住到了第七个年头，因为单位变化，使用过的地址一共有六个。而我留下自己的居住地址，这是唯一的一次，但使用了不到一年的时间，就再度搬迁了。在那段时间里，我特意让邮递员捎来了一只信箱，费了好大劲才把它钉到了墙上去。后来，妻子还用胶带纸把写有我们门牌号以及我的名字的小纸条贴到了上面，我又用油笔把我的手机号码写在了胶带纸上。在做这些事情的时候，一种安身立命的念头格外强烈。而按照我们古老的传统，住有所居是安身立命的人生理想中首要的一点。

至于我写在胶带纸上的手机号码，从未有一次发挥过效用。

为了使信件不至于大量丢失，我总是在地址变更之后便尽可能地去信更正，但一年一次的更正频率似乎过高了，依然有不少寄信人并未留意到这种更正而直接将信件寄到了原址。我在离开了一个地方很久之后，有的甚至是三四年后，还曾经接到原单位的电话，于是一次次返回到一个个旧址里去，在收发人狐疑的目光中，略带自嘲地把那些寄来的东西取走了。

我的生活，就在一次次偶然性的返回中往前走着。就像这一次，我穿越半个城市所抵达的所在，原本已经离开我的生命而去了，如果没有特别的缘由，我大概不会再度检点那些旧时岁月了。但是这一次无功而返使我再度感到恐慌。对于生活，总想攫取什么的愿望把我深藏在心底的东西一点点地唤醒了。可是，我在归途中回过头去，多少年了，事情其实并无大的变化。冥冥中似乎有一种限制总在困扰着我。

我无法把这些东西清晰地说出来,就像一种迷茫的指向,它也从未把谜底提前说出来。

在经过长风大街的时候,偶一扭头,看到了一年前我频繁光顾的茶店。店主是福建人。我在那里购过一次茶,我们就此认识。以后他时常会发短信给我,借问候之机推销他的新茶。但直至今日,那次买回的茶都还有剩余,不知多少日子我才能想起来泡一回,可是不等到喝完,我就去做事了。茶叶在水中变得很大,一片一片的,我觉得像在晋北某地见过的旱荷叶。

最近数月中,大概因为对我失望了,店主的短信彻底消失了。这件事,是在后来被我突然想起来的。同时想起来的事情还有,我大约答应过他,要等到新茶下来的时候带爱茶的朋友去他那里一趟。但其时我再次换了单位,常在忙碌之中,便似乎没有履约。其中自然有不得已的缘故。可是,在朋友们看来,我的生活变动之快,已经远超他们的想象了。有几次,我被询问,还在某某单位吗,我说是啊。

这某某单位,便是我现在谋事的地方,我现在启用的新地址,是我们的办公地址。仅在太原,这是第八个了。但这里所谓的新,其实并不确切,因为我与这里的渊源早在1998年便开始了。三四年中,也动过几次念头要来,都因为某些原因而作罢。现在,我在这里待到了第八个月。那过去的种种,都因为时光的累积而早已蒙上了厚厚的灰尘。细想起来,便如同我迄今留在原址的信箱一般。

那些寄丢的信件在转了一个圈子之后回到了始发地,或者彻底消失于某一段邮路中了。一切都无法保证。从前我想起许多无缘得见的人与事,常常难以释怀,后来好些了,但并不能等同于这种希望压根儿没有存在过。许多随机的变数,终于教我学会了慎重地对待自己的一切行事。

再后来我却时时想起,生活虽然零碎杂乱,但总有一些东西是能够首尾相顾的。否则,我们在心怀坦荡的少年时候,就已经被各种大大小小的意外打败了。

九

有一天夜里,隔壁突兀地传出一阵哭声。这种声音我已经久违,在夜里,我听到它,分辨不清是真实还是虚幻。我的听觉也模糊,而且,有一丝说不清楚的张皇。那声音一阵阵变大,似乎还有种压抑的变形,一瞬间我觉得这哭泣似乎盲目而混乱。这夜里也不再宁静,但它其实吸纳了多少哭泣,一下子我想不起来。

隔壁住着母女俩。日复一日,这母女俩住在一起。女儿是十五六岁的样子,个头高过她母亲。我搬过来一个多月了,只有初来的几日里,有一次与这孩子相跟着上楼。那一次我清晰地看清楚了她的长相,觉得还算清秀。后来却一直未曾留意。倒是她经常大声地骂她母亲,嫌她管她。她的母亲,是一个肥胖的中年妇女,离了婚。她喜欢在暗寂的夜里,训导她的女儿,絮絮叨叨——我只听见她在絮叨,不见得这絮叨起了多少作用。对她的女儿,这絮叨显示出母亲微弱的力量,却也使自己的女儿因此看轻她。"不用你管",那个十五六岁的孩子,有时候并不顾忌隔壁住着人。她骂着粗口,对自己的母亲。我突然对这对母女产生了厌恶感。后来我想她大约也是因为寂寞。"我们俩在一块儿就要打仗",有一次她突然地对我提起这事情,她的脸上甚至有一种幸福和自得。我猜想,即使一个骂她的、对她不留情面的女儿,她也是希望有的。

然而她们是我的邻居。我一天里在家的时候必须听她们对骂,甚至在外面偶尔看见她们因气愤而扭曲的脸。那个孩子尤其有一种不管不顾的架势。她大约对自己的身世厌倦、麻木而怀疑。"我都十六岁了,总有一天我会离开你。你不要以为没有你我就活不下去了。你别以为你有多大本事。狗屁。"我觉得她说出了这个年龄最大的困惑和不安。她心中的事,与她的母亲没有关系。而她,始终在絮叨、絮叨,絮絮叨叨。她在管着她。太可恶了。我仿佛听见她在说。

这母亲在为女儿的学习成绩担着心。"学习不好,将来连工作都找不着,可怎么活呢?"她总是在担着心。有时候女儿离开她,到她的前夫那儿逗留几日。这些日子,她们住的屋子里安静下来。这位母亲,她每天多数时候就不在家。对了,我忘了交代,她开着一个小书店。多半是,她到店里去了。

这户邻居的日子过得像是捡来似的,因为我觉得这并不是日常的生活。我的生活更加不是。她们极可能也议论过我。有时候我足不出户。有时候我在外面逗留,夜不归宿,这样的生活并无规则。我的邻居,她们应该有过规则的大约也曾经幸福的日子吧,然而她们成为这个样子。我觉得,我一下子介入了别人也不曾意识到的伤感。而我自己成为她们的邻居,常常在半夜里,我听到我的邻居又在吵架了。"哇——"那个女儿被她的母亲打了一巴掌,然后她大声地哭起来。

十

这是一个临街的小区，打开窗户，外面的喧杂人声便传递上来。小贩的吆喝声就响在窗根下面。每一天，都响在窗根下面——他们多是一些收垃圾为生的外地人，同我一样，没有在这城市里扎根。这里的老居民或许已经习惯了这样的场景：从早到晚，摸不准什么时辰，就会有推着平板车的人从巷子里走过。他们在这里走了多少年，一拨一拨的，搞不清谁是谁，更不知道他们从哪里来，又将到哪里去。

我在半梦半醒中，始终分不清声音的来处，更不知道这将是我生活中的大半构成。我在这里住的时间还不够久，或许终将不够久。我在这个城市里动荡流离，迁徙的次数足够多了，我不敢想象这样的日子还将持续到什么时候。

夜晚很深的时候，我终于有时间久久地站在这里了，纷乱的思绪却无法收拢。日子过于忙乱，我觉得自己的心已经开始锈蚀，然而我还没有到老的地步呢。出租车像一条爬虫，在夜的肠胃里蠕动，我从三层楼这么高的地方望下去，几乎可以看到车里坐着什么人，甚至在灯光一错的刹那，还能够捕捉到他们脸上的表情。

夏季的夜晚，可以匆匆地走失无数人。站在这里看去，许多人与事情都没有停留。就像我刚刚下班回来的路途上所看见的一对乡下夫妇，他们露宿在午夜将至的街头，微风掠过他们的脸庞，他们舒适的睡姿如同在家中无异，然而他们从此远离的村庄，已经成了难以返回的故土。

在白昼，我还遇到类似的沉睡，是从午后两点到四点这个时段。我到这个城市的南边办事，就从楼下这条巷子的一段石阶前往返，一个脸朝墙面睡着的男子一直未醒，并且从始至终，似乎连动都没有动一下。他的身后，是一条可以并行两辆轿车的狭窄的城市马路。偶尔有一辆货车轰隆隆地经过，树木的枝条被拖住了往前一拽，然后一股大力将叶子扯断好些，纷纷扬扬落了一地。

如果长时间在忙碌，我常常看不清岁月。是一种惯性在催促着自己前行。身在物外，非但记不起了许多固有的生活需求，更将曾经做过的事情忘个精光。只有当事情告一段落，我才能够定下心来，看看自己置身的这段生活。

有一个午后，阳光变得那么明亮。蓝天白云就在头顶，似乎并不很远。穿堂的风从屋子里经过，把放在书桌上的稿纸一页页吹落。还有报纸和杂志，上面发表了我的几首诗。我想起自己在深夜里的写作，仿佛已是远年的光景，它们与现在的一切并无关联。有一些时候，我需要用很长的时间来回忆，才能够让最近几个月的光阴重新在我的眼前变得清晰。

已经从我们的生命里逝去的那些日子，将从另外一个角度组成我们新的生命。对此我总是深信不疑。从现在我所住的这个小区出发，向西南方向行不多远，便是这座城市最大的广场。我在那里辗转多次，对于它的感觉，也类似于对自己命运的理解一般。它或许便是我生命的一个中转甚至支点。

我在这广场附近的一个单位里上班，大约是三年前的事。那段经历到后来变得无比重要，迄今我都一次次地借故跑到那里去，看看曾经熟识的人。许多同事早已离开了，现在仍旧在职的员工，我多半不认识。然而，在那里，我曾经做过的许多事情一直延续到今日；我生命中最为贫病的一段时光，也是在那里度过的。当然，我生命中最大的转折，正是从那种懵懂的生活中生发的。

我总是在事后多年，才可以想象到当初的场景。似乎是，连续数月的欠薪，使所有人的信心丢失了；对于我，这种想象甚至形成了生活中的一个顶点，我无可选择，且不加回避，其间种种曲折，如今想来，已经宛若浮云。我的同事们，后来都风流云散了，多数都不知所踪，极少的几个，居然成了今天的新同事。

但这些陈年旧事，同这条巷子又有什么关系呢？如果说我们的思想有一个巨大的回流，那盘旋的部分或许会与此相对应。可事实上，除非我们什么都不去做，否则任何可能性都难以被排除。因为即使从那段生活开始算起，至今也已经形成了多少空白，何况我们的生活远远不止这三年呢。此前此后，都有多少光阴是这种生活的发端或者延伸的部分。

就是我来到这里，似乎都有许多轨迹难寻。所以，对于一个人生命的记述，我觉得完全不可凭信。我大多时日其实连回味的空闲都不曾有，好在每天上下班，能够看到这城市里的人群。在许多类同的小巷里穿行时，我庆幸自己与人间这最本源的生活没有丝毫疏离。

许多感觉，都是在观察他人的生活中得以强化的。我每天经过的巷子口上，有卖水果、鸡蛋、粮油、蔬菜的，还有卖烙饼、面皮、灌肠、凉粉的，有理发铺子和小超市，甚至还有一个性保健商店。黄昏的时候,我路过的好几个铺子前,都摆着一张桌子,四五个人围坐着在打扑克牌。这个场景丝毫都不稀奇,然而我有时想起,觉得生活里如此平缓的部分已经越来越少了,我不由得总会对那牌桌多打量几眼。

这巷子是条曲巷,从巷子口到我所居住的小区,大概有三四百米。回来时一路下坡,我常常会碰到一些年龄大约二十岁的小伙子骑车带着他们的女友疾驰而过。因为路况本不太好,为防止碰撞,我会放慢速度,如此,就有机会看看行将过去的那一对对男女。

他们,有的看起来尚且像在高中或者大学里就读。男的个子高大,大腿尤其粗壮;女的通常戴眼镜,表情单纯朴素,肩背上挎书包,双手伸向男子的腰部,这样一种亲昵的动作做出来相当自然。有时,会有大车从对面过来,这就免不了会有一个急速的错车,男子把车把一拐,动作优美自然,女的就势向前依偎,神态轻松自如。我有好几次看到这一幕,就单腿支地停下车来,一直扭头看他们远去。

当然,更多的时候是一些异乡来的打工青年在这里穿行。我熟悉他们,如同熟悉我的兄弟姐妹。我也一直相信自己身上有着与他们太多的相似性。我们在互相对望的瞬间可以证明这一点。我看得到他们过分亲昵的表情中隐藏不住的兴奋。

那男子多半瘦弱,这一点不像城里人,因为有许多打工生活的烙印。而且许多人的神情酷肖。他们虽然不再是拘谨的,但总不至于张扬,而且给人的感觉也不流畅,大抵是生活在别人的城市里的缘故。女的则多数健壮,说不上来什么缘故。她们的身上穿着在饭店里或者超市里的工作服,手里抓着手机或者端着一个饭缸。有许多回,我都希望自己能停顿下来,同他们聊几句乡下的事情。

但是,我总是没有做到,而且一旦产生这样的念头,就觉得自己矫情。他们歪歪扭扭地越过去了,那身形同我的弟弟妹妹是相似的。有多少时候,我想起自己在这个城市里的种种,大约也会受到弟弟妹妹的同情呢。他们居住在家乡,也各自成家立业了。对于他们的生活,我从来未曾帮得上多少。

然而对于自己的生活,我总还是有一些自足的地方。就是这纷纷扰扰的街头,我也是喜欢的。这不像是在更遥远的地方,我的心始终是悬着的,在这里,我安定地骑着车子,晃晃悠悠地出去买菜、购书,闲暇的时候,还会到大超市里逛一逛。儿子回来的时候,每逢下午六七点钟光景,我会和妻子抱着他下楼,我相信儿子熟悉这里的一切更甚于我。我知道这里的人与事情,都会在他的生命中扎根。

尽管他还小呢,离懂事的年龄尚且有好几年。五六个月大的儿子,当我们抱他下来的时候,他做出四处逡巡的样子。他壮实的小身体在我的怀抱中动来动去,他太好奇了,即使我与他搭腔,他都不会像在家中那样对我的话语立刻做出反应。他的注意力在别处呢。

在这条巷子里,我慢慢地留下生活的痕迹。我往返的次数累计起来,会渐渐地超越自己的部分想象。我生活中的每一次动荡,都已经在我的记忆中留下痕迹。然而我始终认为,这并不是一些必须的经历,如同我们上一辈人所遭遇的磨难一般,我们在属于各自的时代里走了许多不得已的弯路。如果有可能，我们都希望自己能够站在更高的起点上。

　　直至今天，我们都有一些自视非轻的成分。就像我们已经看到或者感觉到的那样，在我们的父辈中，有许多未完成的人生，然而我们不希望类似的情形再出现在自己的身上。但这些问题像一种重荷，已经越来越重地压迫着我们的肩头。

　　在这条巷子里，有着比我以往所观察到的更加亲切的人生。四月下旬的一天，当我第一次从这里走过的时候，路边的树木已经一片葱茏，可是，在接下来的时间中，我没有特别留意到它们是怎么一点点地融入这个夏季的。我只是注意到每天中午，总会有几辆平板车停靠在楼底的树荫下，袒胸露背的男子简单地吃过午饭后，就在收来的一堆书报废纸中小憩。有一天，我居然在他们的交谈中听到了一缕乡音。

　　我或许在这里还将看到新的风景。但是，目前与我近在咫尺的就是这些人了。他们每天上午八点左右开始从楼下的小巷里走过，直到黄昏时候隐匿无踪。周而复始。我在熙熙攘攘的人群中看到的他们的踪迹已经被我铭记，但除了可以辨别乡音的几位，他们中的多数人来自哪里，我并不清楚。

　　我清楚的只是，日升日落，昼出夜伏，他们已经与这里的一切融合为一体。

写给儿子的札记

一

儿子睡着时非常安详，简直像上苍派来的天使。我相信每一个做父亲的都喜欢这样赞美自己的孩子，并且相信：他一定是另一个意义上的自己。

生命的延续原来是如此严肃而奇妙的事。

2008年元月的一个下午，三点五十八分，随着儿子呱呱坠地，一切都已发生变更。这种感觉是慢慢升腾起来的，起初的时候并不清晰，但迹象已明。是的，结论瞬息即至。

我紧张地走来走去，内心极度急躁不安，如同自己在脱胎换骨。

护士出来告诉我产房里的情况，谢天谢地，母子都平安无事，但还需要观察两个小时。这段时间，漫长得像一个世纪。

我没法子告诉任何人此刻我的感受。

这个世界隆重得如同初生。是的，万物都睁开了混沌中的双眼，氤氲的时间形成迷雾，笼罩了周身。

我相信自己看起来像极了一个父亲。这样一个庄重的身份，一定是上苍赐予我的。我走到阳台那里去，抬头看晴朗的天空。阳光对视觉造成轻柔的触痛，我的眼中含泪。

为了不让泪水流下来，我一直采取仰头的姿势，直到情绪缓和过来。

一定有冥冥中的神看到了我的样子。

我努力使自己相信：这样一种生命的传承再普通不过。我尽力抑制自己的感觉，像一个平常的人那样。然而结果却是相反。

这的确是一个新鲜的事实，我和妻子都需要通过一段时间来消化和吸收。不，妻子比我更加早地认知了这个事实的存在。她的自信心远远超过了我。

此刻，儿子异常成功地迈出了他走向这个世界的第一步。我的目光所及之处，都是他的身影。

二

儿子出生当天的下午六点，我终于看见了他。这个小小的孩子，他小小的鼻子、小小的嘴唇、小小的耳朵。

他睁开的眼睛熠熠发亮，我相信他看见了我。一次，两次，三次。

我的孩子，他的面部发红。他的头发已经老长了。他长着修长的十指和小小的脚。

这个初临人世的孩子，他会哭泣，更多的时候则静静地安睡。我一时想不起来我是怎么成了父亲的。这个刹那间的感觉，使我的思维回溯。我觉得自己看到了他的命运的源头。

所有的迹象都在向我证明：这个小小的人儿，将成为我和妻子的生命中最为突出的部分。我们为他欢喜，为他心焦，他的未来所系，亦是我和妻子未来之所系。

他的出现，使我们与整个世界之间建立起一种前所未有的关系。

三

他刚刚落地的姿态和一只小动物无异，面对着时间与万物，充满了无力和惊惧。他一动不动的样子使我充满了担心，一次又一次，我低下头去看他，甚至想亲吻他。但是妻子说不能，得等到他满月以后。

四

我从来没有见过初生婴儿的样子，儿子的出现，形成了一个观察的通道。我知道在我和他之间，有一种奇怪的注目的力量。

我怎么看他都不够。

第二天，他打呵欠，打嗝，张开嘴巴吐气，皱眉头，小胳膊小脚用力地动。他获得了一个无比广大却陌生的空间。他为此欢喜为此忧。

第三天，他皮肤的颜色变得好看多了。胳膊脚的劲头都大多了。他追随着看我的眼神使我充满了欢悦。他吮吸乳汁的样子非常有力。他大小便了，便大声地哭出来。

第四天，他转动自己的头部，想获得一个舒服的睡姿。因为任何一点不适，他都会哭。

这一天，我们办理了出院手续，回家了。一路上，他睡得很好。

打开屋门的瞬间，我想了一下：我们这个家中，多出了一个小生命。

这是一次非常不凡的历程，无论怎么形容都不为过。儿子不知道我在想什么，他躺在被褥里，依旧睡得安稳。

他的眼睛合着，嘴巴微张。他睡在母亲的身边，这是最安全的区域，对于他而言。

我不敢打扰他，然而又总是忍不住坐在他的身边。我尽可能地屏息静气。

五

光阴似箭。儿子出生第五天了。

白昼里他大睡特睡，到了夜里，他便时时哭醒。他没有晨昏的概念。

他还没有许多概念。在将来的日子里，他需要建立许多东西。

这个幼小的男子汉，他会长大，在不久的将来，会喊我爸爸，会喊妻子妈妈。我们深信他聪明、健康、活泼。

当然，他还是爷爷奶奶的长孙，是姥爷姥姥迄今唯一的外孙。他将是个受宠的孩子。

对于他的爸爸来说，有了他，人生的一切便获得了圆满。对于他的妈妈来说，再没有什么比他更加重要，至少在相当长一段时间内如此。

我们都不同程度地将注意力转移到他的身上来,这是一种有趣的转移。这一点,在他出生以前,我们都还意识不到。

为了孩子,我开始更多地考虑经济、住宅,考虑孩子的教育,他的成长。诸如此类,又岂是三言两语所能道出?我希望自己成为一个称职的父亲。这个身份,将比我其他的所有身份都重要得多。

除了这些,我还能为他做什么?

我不知道应该怎么回报给予我人生完满的这个世界,我希望在以后的日子里,变得冲淡一些,宁静一些。

我将学会祝福所有的人。

六

儿子的胃口很好,饿得很快,长得也很快。他像在拔节的小树苗,在我们不期然的瞬间变成让我们惊奇的样子。

他已经变得不像初生时那么柔弱了,我用手抓住他的小脚丫,想让他的腿放直,而不是蜷曲着。但他使劲踢我,挣扎,并且脸上呈现出不快,似乎在埋怨我打扰了他的睡梦。

我不愿意打扰他,但是我整天里什么也做不成。隔不了半个小时,我便从我的书房跑到儿子身边去。妻子数落我靠儿子太近了,她说:"他还太小,你不能凑那么近看他。"

但是,我希望能够把儿子的一切看得清晰。他小小的身体,是怎样一个奇特的存在?可以使我如此痴迷,简直超越了以往一切时候。

妻子看着我,像看着一个奇怪的人。"你爱孩子比爱我更甚"，她差一点说出了这样的话。

我专注地盯着儿子看的时候，忘却了此前我人生道路上所有的沧桑与失败。他比任何其他外在的事物更具备安抚和激励我的力量。

我怎么也没有弄明白，他是怎么做到这一点的。他缩在襁褓里，小脸蛋胖乎乎的，带着幸福和安适，睡在我们的目光中。他将在我们的目光中长大，变成一个顶天立地的男子汉。

到我们垂暮时，他是我们留给这个世界的最珍贵和吉祥的礼物。

他将经历人生的风雨，在岁月的河流中变得勇敢无畏。我相信他的强大和聪慧远胜于我。

七

看着儿子，我会想起很多事，譬如我的幼年，我的父亲母亲，我在乡下度过的层层叠叠的光阴，贫窭、敏感的青少年时期，人生路途中的一次次转折。直到与妻子相遇，生活才渐渐安定下来。直到现在，儿子诞生。

我不知道将来会不会对儿子讲起这些。我不知道，将来他是像我多些，还是像妻子多些。我一定不愿意他像我这样经历波折。

我希望他的生命顺遂，有着强健的体魄和健全的人格。

在未来的每一天，我希望他都能开心，没有不必要的压力，我们不会为他强加任何压力，我想他应该过得自在一些、率性一些。

从这个意义上讲,我想他应该像妻子多一些。

八

日复一日,我在慢慢地接受这个惊奇的事实。我觉得这是我人生中最大的杰作。

时间,先是被放慢了,每分每秒都历历在目,似乎可以重新来过。但事实上不能。

然后,它又变快了,完全超越了我的想象。在还没有准备充分的时候,我已经坚定不移地接受了他。所有的思维都被重新过滤与刷新。我已经看他无数遍,他扎根在我的心里了。我的儿子。

我对远在家乡的父母讲述过儿子,对岳父讲述过儿子。我还想对一切亲近的人讲述他。

我怎么讲他都不够。

这种情感将很快稳定下来,我作为一个父亲的事实被我记录。这个事实每天都在深化。

我到他居住的房间,到妻子和岳母居住的房间。我看着他静静地入梦。他的梦乡绚烂多姿。

对于儿子,人生的一切都刚刚开始。

而对于我,这是一个隆重的转折。从为人子到为人父,我跨越了将近三十个年头。

多少年后,我一定还可以记住今天。灯光明亮,我的心里充满了感恩。

九

儿子的睡眠很轻,每逢我走近他或者咳嗽出声,他都有察觉。或者他即使睡着也知道我在他旁边待着,每隔几秒钟,他便睁开眼睛看我。如果我有意偏离他的视线,他也会追随着我的动作移动自己的眼神。他还太小,无法看到更远处的部分,但他已经熟悉了自己置身的这个区域内的几个人,妻子、岳母和我。

这是他出生后的第十七天。

儿子哭的声音越来越大,越来越响亮。他生长发育的特征越来越明显。现在他的皮肤的颜色也变好了,正朝着粉嘟嘟的方向转变。这是我喜欢的一个词。他将慢慢地变成我熟悉的婴儿的样子,越来越熟悉。我守候在他的身边,就像在守护我的幼年。我将重新看到我是怎么长大的。

尽管,他并不是我。但无可置疑地,他将带着婴孩时期的我的许多特征。我现在觉得,他的眼睛眉毛都像我,大眼睛,浓眉。我在注视他的时候总在琢磨这里头的关系。他至今还未满月呢。时间,像一个古怪的老头儿,他知道一切变幻,但他并未告诉我。我很难确定的许多东西,只能依靠想象去完成。只有在想象中,我可以看到无限。

他睡着时的表情并不平静单一。如果我守候的时间够久,可以看到他皱眉,如他的母亲,或者打呵欠,张开小嘴,眼睛闭着,带着浓厚的睡意。他还会突然睁眼,但事实上他仍然在睡梦中。他在梦中睁眼的样子带着无辜的神色,他完全不知情。

他睡着时会撒尿,拉屎,开始的时候他马上会哭,以此将这桩事情来告诉我们，后来就不一定了。他睡得好好的，过去一段时间，他醒来了，会发现不适，然后才会大声地哭出来。

他连续睡眠的时间在两三个小时，有时短一些。在他睡着时我在自己的书房里忙碌，隔一阵子过去看他。如果是周末，这样的次数越来越多，因为他长得越来越好看了。因此我写作的数量不多，且一旦落笔，字句都围着他转来转去。

他还不知道我在写他呢，但终将知道。有一次我给他朗诵古诗，他瞪大眼睛静静地聆听。我给他讲授算术时，他的眼睛是清澈、透明的。他在静静地望我。他一定有许多感应。这样的交流早在妻子的孕期就进行过了。

他睡眠的质量越来越好。有时我躺在他的旁边小憩，能听到他的呼吸声。他有时会伸长胳膊，把被子往上推。有时踢腿，但多半是在醒着的时候。

他睡熟时是无忧愁的，我知道他是无忧愁的。围绕他的，是一股奶水味的清香。

偶尔，还能听到他在打喷嚏，有时是连续两个、三个。

我在看护他的时候，时光是轻盈的，它平静地围拢着他。

有时他一两个小时都醒着，我同他说话。他的眼睛看整个屋顶，甚至转动头部，他置身在这间屋子里半个月了，这里并不日日如新。但他日日如新。我指给他看客厅的方向，看窗子外面，看书柜和墙上的照片。他一天比一天大了，慢慢地，他知道这里的一切将超过我。

这里才是他的出生地。

他每天的睡眠时间都在十七八个小时。我一直无法弄明白他的睡眠是怎样构成的,他会看到什么。

有时,我轻轻地摸一下他的小手,他会用力把我的指头握紧。他的手指修长,他将来会做什么?

一切都是未知的,但一切都让人兴奋。我把自己三岁时和表哥合照的照片拿来让他看。他有一天会看懂,这上面的那个人,就是幼年的父亲。他一定会看到自己与这个人之间有什么异同。

他现在才那么一点儿大。但岁月会无声地改变这一切。睡眠中的儿子,会微微地笑,他有着非常充分的理由笑迎整个人生。

在睡眠中,光阴已经在慢慢地孕育、成长。光阴同时也是见证,它记忆中的一切由来,都像是我们的记忆。

许多年后,通过这些字,关于儿子幼年的一些事,都将被记起。那时他长大了。在我们日复一日的盼望中,他的个头将超过我,他睡觉可能会打很响亮的呼噜。

在他的记忆产生之前,他不知道自己是什么样子的,但是他一天天会知道。

就像现在,我所知道的,就像我已经看到的一切。他面孔俊朗,沉醉在睡眠中,属于他的时光,连一点点的皱褶都没有。但生活会将他的生命一点点地充实。

他会读书写字的时候,万物会展开它们的羽翼。我所写下的汉字,在儿子的阅读和回顾中,终将变成所有的过往。儿子以这些汉字为基准重新组合自己的记忆。

我与儿子相处的时间够久,十七八年、二十年或者更长,直到他能够独立的时候,他将看着我和他的母亲慢慢变老。

但伴随着他一年比一年大，一年比一年懂事，我们是无憾的。韶华易逝，我们如何能挽留时光？

他将作为我们的骄傲继承我和妻子身上的大半优势，在某种程度上，他是我们生命的延续。多少年后，我们七八十岁了，他也已经四五十岁。他终将比我们更加具备应对人生的能力。

他将承担生命的一切：爱与恨、顺遂与挫折、平淡与高潮。或许有懊悔，思想在各个时期都各各不同。他长大以后，将懂得生命的哲学，他的思维将更加强健与完整。

他将经历的人生将是唯一。我们无法为他铺排道路，我们所能为他做的，只是为他提供一个良好的成长环境。他将在我们的注目中变得成熟。

十

儿子是个急性子，这已经看出来了。但他完全不用急迫，人生路还长着呢，一切都要慢慢地来。

他饥饿了的时候有些迫不及待，哭声震天。我们已经习惯了他的急性子。只要他一有动静，我们就知道他的尿布湿了，换了尿布，紧接着，就该喂他吃奶了。

有时，他的眼睛完全睁着，看不出他的思想所在。或者，他仍然倦意未消，他的眼睛半睁半闭，边吃着奶，边打瞌睡。

他常常偎在母亲的怀里睡着了，小脸蛋鼓着，眼角里都是睡意。

这是他最为嗜睡的一段时间。他将在床上边吃边睡地度过他来到世界上的第一个月。

但时间如此匆匆，即使对于刚刚落地的孩子也不例外。他静静地沉睡的时候长得最快。他的精力集中，完全都付诸成长中了。

我总觉得他比我小的时候要胖一点。当然，他的营养充足，远胜于我。

只要吃饱喝足，换洗的尿布干净，没有潮气，他就睡得安稳。目前，他没有什么特别的要求。他是一个很好养的孩子。

我无比羡慕他的沉睡，或许连梦都不做。但他沉睡中的种种表情又说明了什么？我在他的耳畔絮语，被妻子阻止了，她要我不要打扰儿子的睡眠。

我想清晰地知道他的生活。他现在无从知晓的，我要为他记录。我把这一切归功于上苍，但上苍把种种未知摆在我们的面前，我们要用数十年的时间来求解。

血缘是如此奇怪的一种存在。我知道我和妻子都无比地爱这个孩子，我们爱他的一切。他现在不知道，但终将明白无误地看到这种爱。

他也将看到他沉睡中的样子。十几二十年后他通过照片看到的这个可爱的婴儿，竟然就是刚刚降临人世的他自己，他一定为此惊奇不已。

我们的惊奇也是无法言表，尽管多次叙说，但距离想要表达的事物，永远相差那么一点点。

我使劲地向自己的思维深处挖掘。但这个小生命到来的时间如此短暂，我挖掘到的东西还只那么一点点。这些东西却将扩大、增补，渐渐变成人生的一本厚书。

厚厚的书。

在我们的相处中，终将延续这样的模式。他是儿子，我是父亲。我将学会怎样从一个儿子做到父亲，这是我们多数人都要经历的生活人伦。

他不用学，他静静地睡着。年复一年，我们将重复这样的道路。但事实上不是。他一往无前，向生活的未来行进，越走越远。

他不会重新变回刚出生的小孩子。他不会从第十七天、第十八天，回到最开始的时候。回顾他的"小时候"，是一件非常有趣的事情。我们觉得现在的他，已经长大了。以后的每一天，他的长大面前，只是增加一个"更"字。我们无法不珍惜他成年之前的每一个日子。

到他像我这么大的时候，能够记得许多事。人世种种，在他的未来，可以简洁、单纯，但时光累叠，也将充满韵味、可圈可点。

他终将学会复述他的梦境。那么，我将要询问他的第一个话题是：儿子，你梦见了什么？

他扬起粉嫩的小脸。他在回忆。那么在彼时，真正的人生记忆已经拉开。他从梦境中醒来，开始看得见生活的来龙去脉。而生活是什么？

照我现在的理解，就是一个人的命运被延伸的部分。

天是怎样黑下来的

一

许多观察过落日的人也都成了落日,许多感受过黑暗的人也已沉入永久的黑暗中了。

当天空的余光散尽,大地上灰茫茫的光线里都是水声。我所看到的事物都变得朦胧起来,它们布满了我的故土和旅途。每一年的这个时候,我们都在向着极远处延伸。

在院子里,我看到夕阳落山后留下的谜团越来越大了。它们像黄色的时光的渍布满了我的整个视野。我没有移动脚步。我感觉到夜晚的逼近。

树叶没有随风摇曳的迹象,整个院子里都很安静。但是,蚊虫已经活跃起来,它们使我的心情开始起落。我在等待着那种黄色的光斑淡去。

我不知道自己等了多少年多少时候,那种长日将尽夜晚将临的时刻开始向着我的乡村涌动。许多情绪都在重复发生。

我不知道记忆曾经为何物,但至少在今日,它引领了我的神经。我的幼年步履只丈量过两个院子的日落,它们一样漫长,充满了我所有的不甘和含辛茹苦的时刻。

我慢慢地等待着夜晚的降临,似乎每天都在等。但被我纳入记忆中的夜色却似乎向来便没有转换,它们是自然而然的永恒的夜色,既磅礴杂乱,又无限柔软。

我在等着夜色渐渐地漫上头顶。我在等着夜色涨满我的心灵。我在等着经历它从无到有的整个过程。

但是,等到真正的夜色覆盖,我看到街灯已经亮起来的时刻,我仍然无法说出夜是如何在我的观察之中一点点地黑下来的。一定有某个特别的时空隐匿在我的观察之中。

在我眨动眼球,思考和分神的时刻,夜色就突然地降临了,而我却一直以为它会以一种和缓的面目占据整个天空和大地。

夜色如常:那褐色的、黑色的光已经散乱地住进了我的村庄。

二

天尚未大黑前,村庄里就静下来了,因为在这个时辰,每天中唯一的一趟列车会通过村庄南部。我们每一个人,都将聆听列车通过的声音视为毕生最高的梦想。那还是在 20 世纪 80 年代——到了后来,当这个词语成为我们生命中的特定词汇的时候,我们中至少有二十个人已经离开了村庄。列车的车次发生了变更,时间在被反复拉伸之后也容纳了更多的列车通过。我们如果回到村庄,那少年时候开始建立的与整个世界的关系依然会发生作用。是的,我们都站在黄昏里,聆听列车通过的声音。

当然,后来,孩子们的大声喧哗会淹没列车压迫大地的效果，他们夸大了自己所看到的事物。但无论多么自得，他们仍然得依靠自己的耐心来加深对岁月的理解。他们都会慢慢地向往外面更大的世界。在一代代祖先离开之后，列车轰鸣的过程越来越短了，似乎是人的一生都在悄悄地被简化。而这个无法确知建于何时的村落也在苍茫落日之中改变着我们的世界。她使一些记忆力发生作用并形成曲线，连续多年，我们与她的联系也越来越不直接。数十年里，我已经路过无数村落了，但从许多个方向看来，她的位置都是恰如其分的。她被镶嵌在这里，既非世界的东方极地又非西方边疆，但是，即便如此，她依然会使离去者产生孤寂之感。时间的重重包裹又像是万千事物的另一种胁迫，我们谨慎地通过的岁月之中，各种元素交织，除了列车驮走梦想，自然还有别的。但是执笔多年，我什么都没有写下。只是在一天中的黄昏时分，当我独坐西屋，我会想起一些20世纪80年代的列车和组成我们后来命运的不同生活。那些列车越来越泛滥了，但我们的生命中总有一些时刻，仍是孤寂和未曾变化的。我看着窗外空荡荡的天空，非常难以置信的是：我已经长久地离开了这里。那些白色葱茏的云层，像我们单调童年中的多数时辰，它们仍以旧日之姿，静静地注视着更高远处的天空。而白云的下方，列车和村庄并行多年，同在疾驰。

都在仰望。

世事如烟

过去已经完全静止了，然而这静止是从什么时候开始的，我无论如何都想不起来了。现在是在理所当然的许多年后，当我站在故乡的土地上，像一匹识途的老马似的，观察这所已经破败敝旧的院落时，我的心里被一些前所未有的焦虑笼罩着。然而依我的惯常写法，这前所未有也并不是头一次出现在这里。我想着一些杂七杂八的事情，想着一些杂七杂八的故人，脑海里浮现出一种恐惧。我早已不是这土地上的人了，即便有太多的人依旧可以一口叫出我的名字来。他们看我的神情既新鲜又诧异，仿佛我出现在这里是一个过错。从梦境的角度讲，我回到故土来似乎是一次懵懂中的行动。因为当我清醒地看到自己的处境，总会有一种没有出路的惊异感觉。母亲猜测着我的心事，又总抑制不住和我说话的冲动，当我的眼神朝她一瞥，她的话匣子便打开了，如滔滔江水一般不可断绝。我终于与母亲说起自己在外面的星星点点，然而母亲并不接腔，我的苦楚她不是不明白，只是无可奈何，她岔开思维，依着性子说一些陈谷子烂芝麻的往事。

夜里睡在炕上时也不踏实。这一两年总是这样。明白了这一点，我总是又悲伤又感叹。这一夜，我的脑子里如同放电影似的，浮现出许多事。然而这种转换又是多么迅捷，仿佛我睡着时根本没有分清楚这是在父母的家里还是在太原我租住的家里。因为没有暖气，只烧炕火，屋子里冷气丝丝缕缕地扑面而至。我把被子盖得严严实实。可这是多少年里我睡过的房间和土炕啊，它们并不陌生。夜里听到母亲的磨牙声，我自己的磨牙声，这样一种延续让我觉得奇怪。许多年了，我都不知道母亲是怎样影响我的，然而确定无疑地，我总觉得对母亲心怀愧疚。如果离开父母的时间久了，母亲在我心里的印象就越来越重、越来越重。对于母亲生活的担忧几成惯性，这使我在离开家乡十年之后，仍然无法真正地融入城市的潮流里去。可是假若说起我在城市里的生活，母亲却是平静而达观的。

母亲夜里睡觉也不踏实，起来好几次，天未大亮时便起床给父亲准备早饭了。只有父亲因为白天里劳累了，一觉睡到了大天亮。我在睡思昏沉中听到母亲一次次往锅里加水，听到父亲点烟、起床、咳嗽、下地的声音。一切仍如从前。好像时间没有发生作用，我仍旧住在这里。这十几年的光景是怎么一点一点地走过来的，我即使想一整天都想不明白。曾经有一个早晨，我留意并统计过时光，可是我的工作没有业绩，现在，一切都将归诸遗忘。事情的真实本不以我的意志为转移，哪怕我不情愿，却又能改变多少呢？想明白了这点，我仍然无法释然。现在就是这样的一种时候：我离母亲越来越远了，这距离终究无法缩短，它是时间本身固有的悲伤。不过假如要母亲到城市里随我住些许日子，即使疼我爱我如她，仍然会心怀忧虑，满口拒绝。我试探几回，母亲都视之为畏途，我在母亲心中，又是怎样的一个孩子呢？

以前我从来都未曾想过的一些事，慢慢地出现在我的生命中。这一天上午饭吃罢，父亲出门去了，过了一阵子，拿回来一本家谱。这一本纸张已经泛黄的小书，我是第二次看到。头一次是在大奶奶家里。当时我还年幼，现在是在十多年后。"閆（现简化为"闫"）氏家谱"四个字中的后两个字已经不再完整了，但根据剩余的笔画可以猜出它所显示的内容。我看了父亲一眼，他也正在看我。父亲说，这是从你伯父那里借来的。父亲在说这句话的时候，我听到他的声音中掩饰不住的兴奋。我明白父亲的心意，但是没有想到他这么快就付诸行动了。他显然急于求证，但还是没有勇气把他心中的疑惑说出来。我埋头于家谱之中，几乎把他忽略了。但事实上，我的心中涌动着一阵阵潮水。母亲在屋子里忙碌的时候并没有抬头看我们一眼，可我感到她的动作变得轻快多了，或许这也只是我的错觉吧。我在这本小书的第一页读到了家谱序：

> 我闫氏之先原居山西洪洞县。大明初年迁肥城辛家庄至万历年。思义祖迁牛家庄是一大宗也，嗣后九支分派。迄今十世，惜九支已失其四⋯⋯

如果我的判断不错，那么我的先祖便是在著名的洪洞大槐树迁民活动中离开故土，辗转迁徙到山东肥城县的，距今已经是六

51

百多年的历史。那一首流布甚广的民谣——"问我祖先来何处，山西洪洞大槐树"同样适用于我们闫氏家族。可是在我的成长历程中，却从未有哪一个长辈告诉我这一点。我所知道的故土在山东，这一点是确定无疑的。我的父亲、伯父，甚至包括我的两个姑姑都擅长于用地道的山东方言交流。这使我不住地猜想：在长辈们的内心深处，总有一天会回到山东去的。他们不知道或者已经不太愿意接受祖籍其实本在山西的事实。体察到这一点，我感到一种奇怪的时间滑行的力量。至于他们为什么会舍近求远，忽略了真正的故乡，却似乎不能一言以蔽之。在我幼小的时候，不止一次听闻我的奶奶和大奶奶谈论关于山东的点滴。她们对于自己幼年离开的肥城县怀着一种浓重的深情。甚至到了 20 世纪 90 年代，一些回过山东的人回来讲述那边的情形，仍然以"老家现在的境况可比以前好很多了"之类的语气说话。

  我的两个伯父都千里奔波回到肥城，那时我仅仅六七岁，在他们看来，我尚且无法领会一切。我记忆犹新的是，每逢年节，爷爷奶奶家里总会有一些操着山东方言的人前来做客。伯母和母亲谈论他们的身份，足足能够花去一顿饭的工夫。有的甚至连她们都弄不明白，就等着事后跑去问奶奶。奶奶讲述中的来自山东故土的亲戚如许繁多，彼此间的关系盘根错节。他们分布在我们村周围远近不同的好几个村落里，已经繁衍到第三四代了。可以推测，他们是与我的爷爷前后脚从山东过来的。而说起爷爷的来山西，应该是在 20 世纪二三十年代的事了。当时年仅九岁的他和自己的生身母亲一路逃荒流荡数月来到此地，作为外路家居住在村西的土庙里。老奶奶靠给人缝补浆洗衣服养活母子两个，数年之后山东老家的人才陆续过来。至于奶奶，因为家贫，在很小的时候就做了童养媳，后来和爷爷正式完婚后就在此地安居下来。之后繁衍生息，养育了三个儿子两个女儿。我父亲排行老三。20世纪70年代后期，父亲与母亲成婚。一九七八年农历二月，我呱呱落地。

我就这样找到了自己的源头。事情是如此奇妙：似乎此前我的身份总是充满了悬疑和不确定感，就像我们的命运一般。然而即便此刻，我仍然不能确信自己所讲述的一切是否就是最大的真实。因为显而易见，对于我们未曾亲历的历史，没有什么事实可以作为铁定无疑的证词。我从父亲的手中接受了家谱，已经用了好几天的时间来研究它。然而对于其中一些谱系的钻研耗费了我的心神，当我想从中找到爷爷的踪迹时，只能看到一个后来粗粗地补记上去的名字。字迹草率，远远不及这家谱撰写者那一手工整的小楷。我再度翻到了家谱序言部分，看到后面的落款，是"大清道光二十六年岁次丙午菊月上旬"（1846年），还有一篇附谱序，落款是"光绪二十一年岁次乙未春八世孙克元敬志于对松书轩"（1895年）。从这两个时间判定，这本家谱保存的时间至少在百年以上。从爷爷未曾降生之日起，它便存在着了，直到他老人家撒手人寰，尽管历经战乱和迁徙，它仍然没有遗失，从山东到山西，千余里路途，它经由多少人的手，一直保留了下来。可以设想，从世纪初到世纪末，再到新世纪，它承载着一段难以泯灭的血缘传承，一天天地走到了今天。这段时间如此漫长，它超过了一个人的整整一生，但还没有终止，它终将被续写和更新。

时间有着自己的定律。我们像一个好奇的孩童观察过它，然而终无所获。在茫然之中，我们渐渐忘却了自己的好奇心，任凭这定律消隐在流逝之中，可是时至今日，又是怎样一种神秘的力量将一切唤醒？

我逗留在家中的这一日，母亲念叨着我们的家族。她始终以这样的语气诉说，是"你们的"，而不是"我们的"。她固执地将自己排除了出去。至于她为什么会如此，与这许多年来她所受的委屈大有关联。母子连心，我始终站在母亲的角度说话。这种感觉又是如此奇特：仿佛我只是母亲一个人的孩子，而脱离了整个家族。但这个家族到底在哪里呢？这许多年里，我从未意识到此一个存在。我不熟悉那些远年故事，除了很小的时候爷爷约略提及，长大之后，带着踏入人世的独立性，我几乎将所有的记忆归诸遗忘。现在我检点关于童年的库存，其实也已经想不起来在一个又一个黄昏，我坐在爷爷的身边，听他讲了些什么。反正他不至于讲到最大的真实。关于爷爷和其母亲逃难来到山西晋中的事实，是经由他人之口说出来的。或者说，我宁愿不知晓这一点，但是仔细想过，又确实没有什么。只有在我的幻想中，任何事物才夸张变形，成为理想国中的图景。有一段时间，我的幻想如许微妙复杂，似乎自己是一个贵族后裔。是的，幻想的世界如此短暂，这么多年过去，我才终于将自己从一切虚无中解救出来。

爷爷去世的时候我才十一岁，具体的情形我已经想不起来了。我听不到院子里的哭声，但穿越时光的屏障，似乎应该有一大家子人，包括儿子媳妇女儿女婿孙子外孙甚至居住在邻村的爷爷的姐妹们，他们的哭声回荡在村庄的上空，既像挽留，又像送行。奶奶则在屋子里哭丧，嗓子已经哭哑了。送走爷爷之后，她还将一个人逗留在世界上七八年。她晚年的酸痛和孤单被我看到。从一开始，我就能够意识到的分离之痛，在后来许多年里，一次次地重现。姥爷、奶奶、姥姥，他们一个个地告别了这个世界。失去亲人的痛苦在夜晚被放大了，积雪的夜里，我温习一阵子功课后睡着了，深夜寒凉，我在梦境中看到爷爷奶奶去世前的面容。我无法将他们生前的一切与梦境联系起来。他们渐渐远去，正在彻底地消匿于远方。我无法从他们的离去中获得验证，我心中有许多疑惑难解。母亲后来谈论自己的身世，我重温幼年语境，母亲一次次谈论生与死，总是被我粗鲁地制止。在我们母子相对无言的时分，剩下了无限的寂静。屋子里的钟表滴答作响，我心中的悲伤慢慢溢满。我很恐惧这样的联想，直至稍后几年，仍未有改观。有一段时间，我比爷爷当年所走过的路途更远，甚至几乎就要落户他乡，但是在埋葬爷爷的地方，有我的出生地。每逢念及此节，我就忧伤难尽。我终归没有走得太远。直到前些年，我终于还是在家乡县城先落户，后来在省城成家、购房、立业了才迁出。

与众多的堂兄相比，我显然成了另类。意识到这一点时，我已经老大不小了吧。我们见面的次数屈指可数，甚至延长到了两到三年一回的频率。我的侄子们都慢慢地长大了，年龄最长的已经十四岁。我叫不上他们的名字，有的只见过一两回，甚至压根儿没有见过。自从十一岁那年，父亲携家带口从老院子里搬出来，我们便成了孤立于边缘的独门独户。母亲以自己顽强的心性争取到了这样的机会，近二十年来，我们就像异族一般游离于那枝繁叶茂的闫氏家族之外。每次回乡，母亲会以平淡的口吻对我讲述那院子里人家的变化，谁家添丁，谁家孩子做满月，谁家被罚了超生费等，诸如此类，我总是左耳朵进右耳朵出。在母亲唠叨这些事的时候，我觉得一切离我都太远了。但有时，我的内心会一下子变得空洞起来，好像我一不小心，错失了按照正常的人生次序生活的可能性。及至后来我成婚，事情才有了改观。不用母亲主动，我总是会装作不经意地提到我的堂兄们。谁家生了女儿，谁家的小孩叫什么名字，经过一次次咨询，现在我已经一目了然了。从爷爷到我们这一辈，再到我的五个侄子，已经是第四辈了。尽管相见日稀，关系疏淡，但我还是满心喜悦。一切虚无终将获得圆满。我愿以自己的书写告慰九泉之下祖先们的英灵。

仅就家谱看来，过去的事物几乎都是无解的。因为我们尚且无法从祖先的名字中获得讯息，从而知道他们曾经在这个世界上怎样地生活过。但我们总是免不了会去揣测：我们看不到的真实埋藏于什么样的流年岁月中？百余年的光阴足够写就一部庞大的史书，我们所想象中的祖先的生活也是芜杂纷乱的。颠沛流离或者固守一地，是完全相反的两条生活路线。我在翻阅家谱时不时地看到这样的字眼：外出或者无嗣。无论是前者还是后者，在家谱这里所彰显的结果都是一样的。在记录下他们的名字之后，时间便似乎永久地终止了。在构成世界的谱系中，我们将不再看到从他们这里发端的踪迹。这就形成了一个巨大的悬念。因为时间的绵延变化片刻不停,抑或从另外的途径中会冒出一个两个人的名字来。如果能够有严密的衔接,那外出者自然会从这个节点上循序渐进,重新返归到原先的序列中去。更为可能的是,那旁逸斜出的部分将繁殖成一个巨大的族群,茫茫人海之中,我们又怎么能够互相辨认?

近几年来,在我工作和生活的城市里,常常会遇到同姓同辈之人。似乎是在无知觉中,闫氏后裔越来越多了。但我们的语言并不相同,生长的环境又各自迥异,再不会矫情地攀亲论戚了。尽管事实很可能是:五百年前甚至更近的时光里,我们本是同宗。这一切已经无须确证,因为并无意义。只是,作为书写者,当我开始回顾这些年来的相遇,还是有一种刹那间的错觉。就有那么一个错愕的瞬间,我看到了曾经的光阴。这是一个令人着迷的虚拟,世事更迭,生命如白驹过隙,我们又何曾想到会有这么一个时刻呢?但对于我们的当下而言,这是最为无足轻重的一环。它不可能改变什么,更不可能使我们铭记于心。那真正影响我们生活的事物早已在往事的链条中生根发芽,渐渐地长得足够粗壮结实,这是构建我们生命的一个个基础,它们使我们的爱与恨像高明的射箭手一样命中靶心。我们的经验中,亲历与听闻具有本质性的不同,即使逾越千年都未有更改。那么,让我们愕然的时空是怎样一个曾经呢?从我们出生算起,已经有多少年,我们没有面对这样的一幕?

现在,我把自己假定成一个外出者。离开故乡愈远,距离的力量愈加显现。每逢辗转于居住地与出生地之间,我都会被一种僵硬的力量击伤。我想起自己拿着族谱离开家乡的前夜,暗淡的灯光将屋顶照射成氤氲的一团。因为几月前连日阴雨,这座已经建成十八年的窑洞开始掉落白灰。像一个行将老去的人,它再也掩饰不住疲态。母亲一再地提醒我:不要睁着眼睛仰脸,否则屋顶的灰会掉到眼睛里。但我知道对于一座房子而言,十八年,连衰老的边都够不着。我记得分外清晰的是:十四年前,我们搬到这边来仅仅四年,我开始外出读书。行前一日夜里,母亲在灯光下为我收拾行李。她的神情中,充满了难以言喻的伤感。有好几次,她把收拾好的行李包重新打开,检点一下衣物,然后又重新系上,再打开,如此再三。我和父亲看着她的动作,想说什么却终归什么都说不出。"我睡着时看不到时间,它们都跑到身体外面去了。"这是我写在多年以后的一句诗。它生动地再现了我当年离乡背井之时的麻木不仁。那一夜,母亲只睡了两三个小时,黎明的曙光尚未照亮窗棂时她便起来了。她为我煮了十几个鸡蛋,装进了饭盒里,又打开行李包,塞进去了。

一切都被折射为梦境。往事并不清晰。

我睡在炕上时与过去离得很近。屋子里钟表的声响与过去离得很近,它甚至就是过去的时间,只是在以惯性的力量重复罢了。但我的思维却回不去了。一切的一切,都回不去了。眼前都是当下现实的艰难,它们开始在脑海里翻滚。去年就是这样。前年也是这样。父亲的鼾声响起来的时候,我仍然没有睡着,夜里有什么响动,我都听得明白。睡在父母的炕上,我却感到一种与过去撕裂的疼痛。浮现在眼前的一些景物都是久违的,它们像颤抖着的绳索,将那些年月,一点点地拉近了。

我曾经是多么不懂事的一个孩子，与父母争吵，甚至埋怨过他们无能，许多年后，我没有任何理由反驳他们。父母慢慢老去了，世事如烟如缕。

　　我现在知道，我的身体在这里，灵魂呢，却已远赴他乡。

温柔归故乡

在乡村公路上等车瞬间回想

我在离家的乡村公路上等了二十多年车,每一次所花费的时间不会比另一次更多。每一次离别的伤感不会比另一次更多。每一次我用心地记忆这一切的时光不会比另一次更多。直到我都快把这所有的记忆压缩成树木,固定在我离开前的土地上了,那瞬间的迷惑仍然未变:我会去往哪里呢?这小小的圆形球带着我的身躯转动,就像带着我的前生和未来循环往返,我的白发胡须鼓舞着我……如今我已经站在他人的土地上了,站在大城市、大村落的土地上了,那留滞不变的我却依然是我。然而,无数国人传说,我们已经站在故里之外的土地上了……风吹过万人的肌肤,能使我们感同身受的,却仍然只是一人徐行的孤独。

温柔归故乡

每次归故乡,我都希望自己变得温柔一些、指向明确一些,对意义不太敏感(神经系统更为健全一些)。故乡是对我的感觉的疏导还是伤害?也许过了这许多年,我已经不该这么想了。因为正是我的愚钝救了我，没有它们（不敏感）的存在，我也许已经和忘川一样消逝了。我何必仅仅把一次小小的人生旅行视作我命运中不可或缺的归途呢？无论寒暑，我都该温柔地望着它吧（不要无视，不要怀念它罢了）。

乡村的冬夜仍旧是寒冷的，如北极的星群：仍旧荒寒、寥廓。但是，这才是我所理解的、我们生活的具体的所在。我们没有密密麻麻地生活在人群中（城市里），我们没有密密麻麻的（喧嚣的、细致的，并不受到抑制的）感受。我们只是生活在乡村里，因此拥有那些扎根很深的事物；但我们的理想并不因此而突出。我们只是像自带命运的锤子一般生活在乡村里。

我们需要释放乡愁。我们有乡愁吗？在深深的、深深的怀念之中，乡愁显得滞后、笨重、无可诅咒。乡愁是一棵桑树，它拒绝空气的青叶。乡愁是一锅铁汁，它燃烧昨夜的火。乡愁是一种过失吗？我已经感觉不到昨夜的一切外物。我站在荆棘丛中？狂风吹皱了我的迷雾。我们一点点、一点点地深入了此生未曾履迹的部分。我们一点点地深入了我们身体中的乡愁。我已经看见了被时间拉动的铁条，请尽快赋予我人尽此生的衰老！

白雪落在棱柱上，我经过故乡长长的甬道。我何曾不识故乡？但我却迷路了，在我彻头彻尾的熟练至极的"在故乡的行走"中。大街上皆是不识者。我和我的一位年长的伙伴（师长）走在故乡长长的甬道。我被回忆蛊惑吗？言语肆意飞溅，白雪透明莹洁，我走在故乡长长的甬道上。我为什么会回到故乡？没有白雪凝目，没有故人迎迓。没有一切忘却和凝聚。没有"故乡"。有时，我的悲伤就来自那些灿烂鲜活的血肉的消散。那些紧绷绷的血肉之躯都已化为腐水。我的悲伤像"白雪落在棱柱上"，"不可驻留"（一切美不可驻留）地消散。我的故乡，是我不可驻留的时光的消散。一切生命，是"白雪落在棱柱上"的光芒的消散。

故乡已经没有什么风景了，所以并不需要返回来，不需要刻意为此流连于旅途。唯一使"返回"这个理由得以成立的就是"流逝"，因为"流逝"本身使时光陌生化了。仿佛来到了异乡，"儿童相见不相识"的异乡。"异乡"是一个本质上的词，"它"才是你灵魂的根本。

在我渐渐习惯了乘坐高铁回乡之后，我生命中"深夜归故乡"的经验就消失了。我再没有深一脚浅一脚地走进村庄，再没有趁着月色打开家中的柴门。柴门围栏的过去消失了，取而代之的是今日的"深宅大院"。同样的奔波往返，已经变成了长日漫漫——"阳光下的回乡故事"。鸟雀金黄，始终在啁啁地鸣叫着。是常在我的儿时啼鸣的鸟儿？是它们的第几代子孙的啼鸣？它们一直守候在这里？这座村落更应该诞生它们的"村庄故事"。它们守候我的家园的时日要比我铭心刻骨的守候更久远、更动人！

深层流云

我在乡下的居所的利用率极为低下,这首先是因为我每年逗留在乡村的日子屈指可数。当然,在一种符合常规的意念的指引下,我来到了乡村,我回到乡村,我居住在我幼年的乡村的日子大约在半个月到一个月之间;这是一个整年度的约数,每次平均为一到三日。而我观看天空中流云的时刻也常常符合这个概算。除此之外,我需要将一年中的绝大多数时间交付城市,并用以面对人生中的各种问题。但自大前年以来,这一切又没有定规,我大可以为了撰写某部巨著在乡村中逗留一年或数年之久。我没有做到的一个原因可能出自我对自己灵魂的姑息。我或许是需要回到城市里。我自己建立的家庭在城市里。我的爱人、孩子生活在城市里。我的工作在城市里。我的写作的重心在城市里。所以,最近十年以来,我已经很少涉猎乡村素材了,越来越少。我同乡村的最大接触便在这条返乡之路上,其耗时约在半小时到两小时之间,一百公里的旅程。我看着窗口,我的人生的幅度似乎被限定了。但是通过每月,或者每四十天一回的对乡下的天穹的流云的阅读,我的童年的面目依然可以及时地返回到我的脑海。我规律性地记录这些回乡的时刻,并且逐年结集为一部名为《危险的怀乡》的著作。我想,这一切都是我自以为是的精神的牢笼,因为我尚且不能充分地结构这样的著作。我只是按照平均的幅度来耕耘。我写下的事实远比真切发生的要简洁和凝练。我自认为洞彻了乡村的一切细节,但这其实是错谬和省略的产物。我对乡村的所有认识都被那深及穹宇的流云所捆绑、拘囿和束缚住了。我的乡下的蒙尘的居所代替我迎来的每一次隆重的日出都像我记忆中的新生儿的生活。现在我接近了它，获得了它，丢弃了它。这所有的错失，都是我人生中的败绩的积淀，因为我无法同时拥有这双向的生活。它们远比我所想象的要更为积极和富足，我只是在流云之下生活的奔波者。我的思绪像张皇的钟摆，如今它看起来远逊于我所生活过的乡下区域。它是需要拨乱反正和祛除雾障的城市钟摆。

深层流云：我的乡下书房

我乡下的书房以超越我的希望之姿独立地生活着。一张床。桌子。台灯。茶几。一些早年的书籍。它们以超越了季节的冷静和淡泊，在独立地生活着。我能够与它们共处的一个夏季已经过去了。在寒风之尘透过窗户和墙壁的孔隙落到桌面上的时候，我分身乏术地寄居于别处。我不求甚解地活着，在我已经奋身度过的四十年中。漆黑如昨的乡村之夜是最为隐秘而真实的事物，在我能够看到它的时候，更多的浮思联翩的夜晚来临了。我直觉中的宁静，就像我二十年中独自栖息的水底般的宁静。我的乡下书房：一股轻烟般的往事中的思乡病，和继往开来的宏大叙事般的宁静。

落日故人情

我迄今仍然没有想明白我死后将会葬在哪里。离开故土已久，我已经不太熟悉乡下的时光横流。它们在日出日落之间凝聚成一团团故事，并以此告诉我们：人群在数万年里已经穷极变幻，如飞箭般疾走。落日余晖洒在河边，既见识生人世界（躬耕的农人、念书的孩童、异乡来的经商者；熙熙攘攘的集市；日常的交谈和无休止的争吵……），又照拂先人远逝后已经转生的苗木、走兽和暴露在大地上的骨殖。但我反复地游走，仍然没有想明白自己的归宿。我尚且幼小？不，我已经不年轻了。我年近老迈？不，衰老的时光看起来还远得很呢……我每次归故园都会走到或许将令我永生的土地上，它们在那里铭刻：泥土中的温热寒凉、悲欣交集的生命诗意、大大小小或存或灭的坟茔、孤独以终老的乡人们；还有不知从哪里传来的一两声牛哞，仍然是温热交替，与三十年前毫无区分……

小事物

账　务

　　我常常纠结于账务。起因在于生活的重量加大了，社会变得复杂，我们所面临的信用危机重重。我的一位好友说她逗留过四五个单位，最后单位都关门，所有的人都作鸟兽散了。似乎一语成谶，她带有先验式的目光穿透了时光的迷雾，最后被再一个新的事实击中。随着一扇扇铁门或木门被关闭，在楼前的空地上，一群茫然的人相对无言，神情忧戚而郑重。

　　多少年中，每逢面对这样的一幕，我们总是悲从中来。路曼曼其修远兮，吾将上下而求索。这是古贤人说的话，我们暂时还上升不到这样的高度。承认了眼前的一切，带着认命一般的心态离开，这几乎是我们的必经之路；但在踏上这条必经之路前，首要的问题便是解决那尚且没有来得及了结的账务。出差补助、交通费用、书报办公费用等都是些小问题，但积少成多，在一个走向瓦解的单位面前，一切数字几乎都像是额外的支出；至于那尚未清欠的庞大的工资就更成了老板们的噩梦。

　　我不止一次目睹老板们对着一堆单据抵赖，死不认账，吹毛求疵，其言其行都早已超出日常，似乎日日相处变成了一种罪证而将其束缚，恨不能完全变成一个陌生人，借此便可以消除责任种种。然而一切都是虚幻而多余的，对于即将离开的员工而言，始终躲不过的衣食住行的必要消耗才是最真实的，在刚刚过去的日子里劳心劳力的付出才是最真实的。对于后者，似乎总有必要强调一下，否则眼前空荡荡的场景叫我们深深地疑惑：那流水般的岁月是怎么走过来的？铁打的营盘流水的兵，有永恒的友谊，有永恒的爱、永恒的记忆，却没有永恒的单位。我们终究要分离、散去，各奔东西，那么，想想目前尚未解决的难题，就像想象一场疾病带来的后遗症，我们的疑惑加重。心烦上火，急躁不安，思绪纷乱如麻。再加上私心各自都有，总是难以协调起来共同面对眼前的难题，以至于每个人都成了散兵游勇，被急于从眼前的窘境中撤退的老板们各个击破。

在职业路途中，我们曾经品尝过各样苦果，零薪水就业，低薪水劳作，为了使自己找到一个美好的前程，我们充当过相当一段时间的廉价劳动力，之后才依靠自己的经验和能力获得了不低的薪水。然而风水轮流转，好的变成坏的，稳定的变成动荡的，差强人意的开始步入正轨，原本效益就不错的单位芝麻开花节节高；或者从低谷攀到巅峰，或者一落千丈，如坠深渊，或者惨淡经营，如履薄冰，诸如此类，都可称之为常规。从前我们万万想不到的是，失业的厄运会迫近我们，欠薪事件如影随形。为了保证自己的窘状不被人发现，我们已经缩在家里许多时候，除了必须到的饭局，能够推脱的应酬我们已经一应推掉，除了必须支付的账目，我们尽可能地缩减生活中的开支，抠抠搜搜，紧紧巴巴，因为即便做一个穷人，我们也要穷得有志气一些。然而生活中的强者太多，我们不能拘泥于做一个弱者而不思进取，更不能因为自己的穷困而理直气壮起来。因而躲在家里已经不是唯一的办法，一个显而易见的事实是，交际的减少会缩小人的思维空间，我们无法置身于社会氛围和生命创造力的前沿，由此带来生活的弊端已经成为定论了。我们需要变得胆大心细，需要珍惜自己的付出，争取自己的所得。我们不能在不该慷慨的时候穷大方，不能打肿脸充胖子，不能咬紧牙关往肚子里吞，更不能哑巴吃黄连有苦说不出。为了维护自己的权益，我们需要变一个人。在接踵而至的生存危机面前，我们忍气吞声，卧薪尝胆，不达目的决不罢休。在好人做尽仍然于事无补时我们尝试着去做一个坏人，恐吓威胁死缠烂打无所不用其极。

　　早年间的求学生涯中，我的一位从事地质测量的同学就曾经采取这样的办法对付总是拖欠工资的工头。有一段时间，他进进出出都带着凶器，我们聚会时所探讨的话题根本不在一个层面上。他视年少的我们为幼稚，我们干脆联合起来对他敬而远之。对于他在很早的年代里就形成的人生观，我们差不多用了十年的时间来领会。当然直到如今，我们也没有走到他那样极端的时候，因为事情终归没有到剑拔弩张的地步。但是十年过去，我们仍然有点儿无法想象。即便如此，我们的声名还是被败坏掉了，因为说三道四的人多起来，其时我们已经成功地实现了自己的想法，一个小小的欠薪事件被我们完整地解决掉了。这时再回过头来看，或者时间已经在无知觉中过去了很久，我们不再纠结于账务了，才慢慢地回想起来：那一度把我们弄得焦头烂额的欠薪事件其实多么微小,在我们的一生中,它甚至都不足以构成一段完整的记忆。可光阴循环辗转,假设我们重新走过,一切又将如何?

没有答案。多少年了,我们仍然没有真正成熟起来。我们什么都不知道。

危 机

长大成人以后,我们的生存屡屡受限,日复一日,年复一年,我们的性情因之也改变了。上面说到账务,似乎只是生存中一个小的部分。然而,一分钱难倒英雄汉,经济上的难题可以把一个人的豪言变成自我讽刺,使其在亲人家属面前永远抬不起头来。我们都不同程度地犯过这样的错误,虽然无关大碍,然而要想说服聆听者诸人接受我们诚恳实在的新形象却变得千难万难了。至今我们都再也回不到起初的时候,那时我们的理想才叫宏大,似乎因为年轻,可以斜视天下一切人。可以想象那时我们纯洁清爽,毫无人生岁月的风尘斑点。

只是,对于金钱与生活的关系我们一向辨别不清,经常性地以为:即使我们身无分文,都能够坦然地渡过当前的所有难关。于是,在一次又一次的窘境中,我们被自己的经验所困,对于眼前的事实一筹莫展。危机就这样悄无声息地到来了:先是把积蓄花光了去冒险;然后是负债经营自己的生活;再然后是所遇非人,在新的工作环境中,我们所有的个人利益得不到保障。积欠的薪水越来越多,一个月、两个月、三个月,甚至半年。在这样的时候,我们如同陷入了泥沼,留守或撤退都成了根本性的难题。屋漏偏逢连阴雨，似乎是，一切都变得不再顺遂。身体中的宿疾复发，因为心理上的压力，渐渐有加重的迹象。多年以前医生的告诫又来了，因此当务之急是需要长时间地休息，不能过于疲惫，不能与人争吵，更不能纵情纵欲。然而生活在一步步地向前推进，不工作是不可以的，收入过低也是不可以的。先前就有的一些死账、呆账无可置疑地将影响到自己的生计，一些老问题不彻底地解决掉，更是不可以的。尽管心理疲惫，可仍然需要强打起精神来应对目前的局面，需要与人谈判，在真实与虚无之间跟暂时掌控了你一部分命运的人沟通，甚至需要面对他的一切不堪。虚与委蛇，口蜜腹剑。这一切，与几年前曾经经历的故事又有什么不同？

现在，我们已经不能够指望任何人，更不能想象天上会掉馅饼，成与败，都得靠自己了。哪怕解决掉眼前的难题后彻底地休息一周两周甚至一个月，哪怕与某人彻底翻脸，从此形同陌路，只要能捍卫自己的正当权益，只要采取的手段合法，稍微出格一点又有什么？至于其他的问题，只能暂时地搁置了。

即使会有一两个晴朗的天气，甚至会有一两件喜事，它们交替穿插着进入到你的生活中来，也就是说，尽管你的眼前会有一抹亮色，然而对于生活中的根本性难题，它们还是杯水车薪。危机无法消除，如同骨鲠在喉。

在这种情形之下，危机还不可能停顿下来，它会波及其他，慢慢扩大，不只影响到你一个人，甚至你的妻子、家人，你的家庭经济可能陷到一个恶性循环的境地。搁置的事情越来越多，亏空越来越大。它们都触目可见，想想就让人胆战心惊。一位年近五十的同事,其妻消费观念超前,因为在家庭用度上没有检点,在他没有往家里拿钱的半年时间里,导致欠账已达到十几万元之巨,而且数次扬言,假如他的状况仍然无法改变的话,将会与他分道扬镳。这让身为旁观者的我们都不禁为之忧心忡忡。

然而我们根本没有时间去怜悯别人,即便一再提防着,自己的生活也已经出了经济问题。妻子对于生计的担忧影响到我们的心态,在做事做人方面开始缩手缩脚,似乎是,在家庭经济方面,我们永远滞后于他人。或许仍然是经验不够,在我们的人生历程中,穷人式的慷慨见诸多种场合多个时候。乐于付账成了先前我们检验自己是否够格处朋友的一个标准。朋友渐渐多起来的时候,我们的经济状况丝毫没有改观,却愈见衰退了。我们渐渐走到了这样一段时期,需要较为强大的经济实力来支撑自己的尊严。这一点在以前的岁月里体验得并不鲜明,但时日绵长,我们终将感觉到人生世故中的种种。还有一位同事,已经在连月的负债度日中辞别我们,另谋他职。一段日子过去,他踪影全无,如同神龙见首不见尾。后来终于联系上了,极其偶尔地,在我们的通话中,会谈及往事与社会经济。他言语放浪,对于持重逗留在此的同事颇多不屑。他鼓动所有人离职他去,不能为眼前小利益所缚。"如同沉船,你越迟钝徐缓,越容易被水流吞没。趁早下海逃生方是正道。"受此言所惑,我们开始畅谈前景。因为尚且是这样年轻的时候,还拥有对将来幻想的权利。我们谈论的结果增加了心中的自信,在接下来的短暂时期中,我们的自信心爆棚,说话时财大气粗,仿佛自己的境况已经发生根本性的变革,在别人看来,倒像个暴发户似的。这样的情况能持续一日两日,随之面临了关于生活的新的思考,我们才重新安定下来,心境随之平淡、真实了,危机感也再度纤毫毕现,它衬托出我们在时代中的负重,似乎是,我们单薄的身体简直不堪生存之累。

我的一位研究文学的师长说:有一些专门研究生存的人,可能会把日子过得好,但也不尽然。可是,一个机遇一般且丝毫不顾虑生计的人,无疑会把生活过得一团乱麻。不过,现在呢,是多么真实的日子,它是我们的祖先曾经经历过的,数以千载,代代沿袭,终于轮到我们来感知了——说实话吧,我日日看到的妻子的账单,可能比上述文字更加真实一些。我常常想,有时间的话,倒是应该去研究一番家庭经济学。

噪 音

常常能够听到屋子外面的声音。先前我们住的是底层,离地面很近,各种噪音总是先经过我们这里,然后才向更高处传递。小孩子的叫声、夫妻间的争吵、老头老太太对于物价的评议,或者还有婚庆之日的锣鼓喧天、鞭炮齐鸣,在我们看来,都可能既是好的,又是坏的。因为我们离地面如此之近,虽有玻璃窗子的阻隔,但隔音能力很差,所以各种声音抵达的时候几乎就是没有分解过的。它们嘈杂、纷乱,带着浓重的人间烟火气息。所以,如果适逢心绪孤单,聆听世界就似乎是一种救赎的良方,但假设正在进行一项需要集中精神的工作,或者正在睡眠的话,那声音就动机不良,它们干扰、破坏,又似乎无止无休。对于噪音的判别本不需要多么复杂的听觉系统,只要具备常规的辨音功能就可以了。我们以此介入了丰富的日常生活,它们并不单调如一,却也不是花样百出。

有时候我们能够看到小区里走动着一些外来的小生意人，他们吆喝着"收废品——""擦洗油烟机——""二厂送面——"，诸如此类，声音高昂，而且拖着长长的尾音。我们是通过这种声音的传递来界定时间的，譬如收烂货的通常只在中午十二点左右出现，擦洗油烟机的却是在下午三点，二厂送面的则一般都得到了黄昏时候才姗姗来迟。不知道是从什么时候起，又是谁先执行起了这个时间表，然后才慢慢地形成了定式，他们共享这个人口规模在三千人左右的庞大资源，以互相错落的工作时间表达着他们对于小区居民的尊重。在我的设想中，一定先有这样的考虑然后才会如此这般。如果声音此起彼落，过于密集，或者时间不当的话，一定会招致住户们的反感。

这样的情景并不是没有发生过。我们住宿的这一幢楼层上，先前就常常在深夜响起拉胡琴的声音。因为夜晚已经沉寂了，那缕缕乐音在黑暗的时空中分外响亮，而胡琴声一定是破坏掉了酣睡者的梦境，所以，某一天深夜里，就在悠扬的音乐声中，随着"哐啷"一声响，楼上的墙壁被失去了准星的砖头敲击了一下，之后不久，声音便停顿了，并且再也没有在同样的时段里响起。一直到半年之后，一个阳光灿烂的下午时分，我们从外面回来，才再度听到了胡琴声。久违的音乐如泣如诉，似乎在表达一种过往的哀伤似的。在阳光下听到别人的隐私，几乎让我们感到羞愧，可那些声音坚定地穿透层层屏障，似乎要将一切诉诸众人。这些硬塞给听众的东西是什么？简直就是噪音了。我们对这样的表达并不喜欢。

多年以来，在我们的生活中，还常常会有另外一种噪音。譬如我们自己身上就曾经发生过的一些事例：诋毁他人，使之陷入绝境；作为报复，同样地，受到他人的诋毁，我们茫然四顾，却找不到那诋毁之人。即便找到了又将如何？男欢女爱是人伦大欲，我们避之不开，功名利禄又数不胜数，但无人不爱，虚伪的推搪似乎不是智者所为。我们生存的整个世界，可以成为冒险家和攀附者的乐园。我们之所以陷入情感人欲的旋涡，实质就在于，我们处在噪音的中心，是制造者也是受害者。有一些时日，我们还迷恋于做一个卑劣的人，四处散布对手的谣言，四处搜集竞争者的情报，冠冕堂皇地表达自己的坚定立场，似乎境界高远，简直堪比伟人。我们的声音渺小，但总想高出对手几个分贝，或者我们已经做到了极致，如果不适度收手的话，物极必反，很可能走到事情的反面。说起来，谣言之广泛深远已经使我们深受其害了，因为即便是在安然睡着的夜间，张皇失措的梦境仍然来自白昼里事物的延续。我们说话做事的策略改变，中庸、保守，讲究分寸。惯性的推动使我们距离一个真实正直的人越来越远了，所以，如果要写《忏悔录》，我们有足够的罪过是无法回避的。

后来，我们所感知到的这个世界喧哗而躁动，万事万物的音量都加重，震耳欲聋，简直非比寻常。然而，只要有一个简单的理由就可以改变初衷。在追逐名利的旅途中言不由衷，不择手段，这都不再是什么大事情了。

如果说我们曾经有过一段淳朴的少年时光的话，那么，在成长中我们已经丢弃了既往的一切。一个原因是多数人都在这样做，只是程度不同而已，另一个原因是你不这样做就会变得另类，被独立于人群。而我们在交际中所获得的东西早已丧失了确定性，一切荣耀和贬损都让我们厌倦。是的，有一些天，我们应当从一些无意义的事情中急流勇退，最好是到自己的住宅里痛定思痛，但不要耽于旧事、琐事、不该想的事。可有一些事我们又是不得不想的，大凡利益的诱惑、生计的缠扯都有其必要性，屈从于某些秩序也都有其必要性，否则我们终将被自己倔强的个性毁掉一切。我们不能过流离失所的日子，不能总是被物质金钱所困，想想终生都捉襟见肘、入不敷出将是多大的灾难。这样想的时候，就是说，做一些稍稍出格的事似乎并无大碍。显而易见，我们的思维是螺旋形的，在好与坏、正与反的较量中完成了一次次人生的变局。我们的思想转换之剧烈、变动之迅捷简直是可怖的。又似乎是，我们得先做过小人，然后才能做君子。只要结局是好的，一切都可以忽略不计。这是一种实用主义的辩证法。实用主义者会制造噪音吗？这却是一个含糊其词的小话题。我们已经领受过了各种各样的说法，脑海里泛滥的东西都快把我们的耳膜挤破了，它们是声音的集束炸弹，一声接一声，轰隆隆，轰隆隆，不绝于耳，余音袅袅。

现在的情形是，我们告别了清贫，理所当然地睡在暖床上了，可却辗转难安，经常是一整夜一整夜，我们都睡得极不踏实。谁知道我们会变成这样呢？横看成岭侧成峰，远近高低各不同。事情的大概就是如此，我们再也安静不下来了——因为噪音笼罩生活，我们首尾难顾，变成了一只只呆鸟。

欢　会

　　从喧哗的聚会场合撤退出来时是夜间九点，或者更晚一些。有时也会晚得毫无边界，到了次日的凌晨两三点。如果是冬季，凌晨时分的寒冷似乎难以忍受，身体中结了冰凌似的。这是在北方的内陆城市，大马路上人迹很少，仅见的几个夜行客都缩着脖子等车。这段时间里手机响过一次，好像是仍旧逗留着没有离去的朋友们又在嘶叫着回去。夜晚的车辆呼啸着穿过，带来一阵阵疾风，它们像同谋者似的尾随着前行。本已枯干的路边树木又被吹落了几片叶子，不知是从哪里冒出来的。夜晚的长街像是一个城市的底线，它并不容易被发现。

　　那聚会场合中的气息已经在一点点地散开了，异常突出的纷乱感觉凝定在一个又一个片刻。但聚会者的面孔却异常清晰，他们的言谈举止都将在你的脑海里盘桓一小段时间才终归于无形。车来的片刻，回想仍在继续。就在车上坐定的那一刹那，还有一些旧事慢慢地浮凸出来。譬如五年前的一个深夜，车辆围拢着城市的外边缘绕行，然后才逐步从南边的入口进入一条无名的街区。街道本不是无名的，只是夜晚饮酒的缘故，它的称谓暂时地从脑海里消失了。

　　出租车司机在我们的指引下，左拐，直行，然后再右拐，再左拐，最后在一幢居民楼前停了下来。醉酒者本是我的一个上司，只是或许因为平日里苦闷的郁积过深，或许还因为纵酒，关于归家的意识他已经没有了。他沿着整幢楼醉醺醺地走了半天，却始终没有找到自己的家门。无奈之下，只好由我拨通了他年轻的妻子（我们本为同事）的电话，然后他才跌跌撞撞地走到单元门前，摇晃着身体上楼。然后，我就听到了他受到喝骂的声音。他嬉笑着，"扑通"一声，似乎摔倒在楼梯口了……

几年以后，再度见到他年轻的妻子时，已经是他犯事入狱之后。她年轻依旧，只是他们已经离婚，应该称她为他的前妻了。还是一个冷冬。夜晚的风扑簌扑簌地灌进了人的衣领子、袖口子，随着一个又一个人走进某酒店的大包间，她婷婷地随众人出来，眉峰中看不到昨日的丝毫形影。然而就在他犯事的日子里，据传她因此受到惊吓，从此落下了遇事就小便失禁的毛病。难以想象那些夜晚。我曾经与他的弟弟相识，与他弟弟的女朋友相识，有一段时间，我们分别租住在相距咫尺之遥的两条巷子里。我见证过他们开放得绚烂颓败得及时的爱情，因为自始至终，我从来没有看好他们没有计划与责任感的相守。然而如许几年，我们再不相见时，常常有一个场景不期然间跃入我的眼帘：在他们铺满了红地毯的住房里，他弹着吉他，深情款款地给她唱动人的情歌。

我为此写过一首不分行的诗："就是他，和他的爱人。在一间黑屋子里唱歌的人。和听一个人唱歌的我。饿。就是秋天。一次事件的目击者。一个男青年。和他们铺满爱情的单人床。以及这个城市——就是风缓缓地吹来。包括东风和西风。或者冬和春。街灯闪闪——我们是朋友。好朋友。可以一起吃饭。偶尔聊天的朋友。他。他的爱人和我。就是悠久的城市只有音乐：我总免不了醉一次酒——就是，只有我一个人了。酒后。"

后来，在他们分开以后，他的女朋友还从遥远的异地打电话给我，希望获得他的讯息。可是，如同我们昔日曾经感知的那样，在光阴的流逝中，我们相互之间变得完全陌生，我不仅无法向她提供半点信息，而且确实不再愿意同这些往事有任何纠葛了。就在我们比邻而居的旧年月里，有好多次，因为黄昏无事，我、他们兄弟俩还有她逗留在那些巷子口的烤肉店里，围着火炉子，亲手烤制着牛羊肉等。我是通过他们的传授，才学会了烤羊肉串的。此后几年，还常常带着嘲弄的目光注意街头那些手艺不太地道的卖羊肉串的小贩，为此屡次领受妻子的告诫。他们弟兄俩的秉性呢，确有相似的地方，都有非理性的成分，只是在弟弟身上，艺术家的气质更为浓厚一些。这是不言而喻的。我却常常想，在那些日子里，我心里留下的一些痕迹，终将慢慢化为乌有。只是，这时间有多长，却总是难以料到。

　　连年的人事变更，我们变得世故、寡情、自私，似乎将人性中恶的一面，慢慢都学会了。这是岁月一股脑儿塞给我们的礼物，没法子拒绝，就全盘接受，并且不同程度地渗透到自己的气质里。现在，就连一切的人间欢会都变得可疑起来了。我们变得伪善，曲意逢迎，似乎不如此，就不足以证明我们曾历经风雨，更不足以证明我们已经赢得了进入社交圈子的门票。然而曲终人散，多少年过去了，这都是一条不灭的定理。午夜的街头呢，也总是充满了清寂的隐语。只有在这些时分，我们心里流露的东西才是真实可信的。出租车在城市里驶过了无数个来回，好比在大脑沟回里循环的往事。而我们又能记忆多少往事呢？

散落的日常

雨　水

　　雨水在我们准备动身的那一日连绵不绝，车辆外面的街道像一曲漫长的古调。小商店的门脸都朝向街面，偶尔有一个人冒着雨出现在阶前，然后"噔噔噔"几步闪入店里，就像一个孤零零的人落入命运。街头的灯光亮着，因为天色向晚和落雨带来早降的暮色，每个人的心情都被蒙上了一层粗麻纸。有人点亮了纸烟，火光在几个人的面孔间闪烁明灭。我们在烟火的传递中感知自己的所在。这是十月，车辆停在一个单位的旧宿舍楼前，楼房低矮，临街，只有三层，每户人家的阳台上都搭着洗净的衣物，但在雨中发出阴潮的气息。喧闹的市声在"唰唰唰"的雨中被淹没，像一群羊隐入高山上的草丛。我们看见许多人都从街道的另一头走来，手中提着大大小小的行李包。他们头顶的伞翼上都往下滴水，因此握伞柄的手变得沉重。老远，就有人呼喝我们出去接应了，但是雨水太大，我们都坐着未动。后来有领头的人招呼我们起来。出去帮忙，他说。他灭掉了手中的纸烟，把车窗拉开细细的一条缝，将烟蒂朝外面一扔，"吱"一声，烟灭了。他身高马大地站起身来，上身弯着，形成一个六十度的夹角。我们慢慢地站起身来，车厢里乱成一片。小孩子也站起身来，要下车去，被大人喝住了。我们的双脚沾到了泥地，阴凉的气息从地面上传来，浑身都变得凉飕飕的。雨水钻进了衣服领子，把脖子打湿了。我们呵着气，在雨地里走向渐渐靠近我们的那一群人。到这时我们才看清楚，他们的手中除了行李包，还有大大小小的编织袋、塑料袋。水果、速食品、水杯，甚至还有鞋子、挡雨的外套，都在他们的手臂间摆来摆去。他们的脸色似乎被十月的雨水冻红了。尚未挨近我们，这些人就一个箭步一个箭步地冲过来。"拿着，拿着"，他们说着话，手里的东西一股脑儿递过来。伞柄斜了，雨水落在我们的手上，溅起一大朵水花，慢慢地流湿了手腕。车辆已经启动，"嘟嘟嘟"地冒着热气。小孩子开始在车上欢跳起来。

雨中的世界，使我们的心变得湿润。车辆动了，我们贴着车窗，能看见街道上的人流突然涌上来，骑自行车的、步行的，都在车辆的周围形成一道道阻碍。司机按着喇叭，口中嘀咕着什么。车里的人说着话，谈论我们将要抵达的某处。那里的气候比我们离开的此处要干燥一些，地势呢，要高一些。因为是山地，树木当然也要多一些。途中某处有一道大大的斜坡，坡度陡直而惊险。另外还有一段山路就在悬崖的边上，左边依山，右边傍水。水在低处，与路面的高差有200多米，如果从公路上向下望，水似银带，飘展着伸向更远处宽阔湍急的河面。我们为叙说者的描绘感到惊奇了，小孩子变得兴奋莫名。他们从大人的怀中挣脱了，向车窗外面看。车辆已经离开市区，开始驶上一条人迹稀疏的道路。这条道路无限漫长深远,过不了一个小时,车里有许多人已经睡着了。这时候,外面夜幕四合,看不清树木,也看不清田野。我们这辆车的前后灯都打开了,可以看见路面上有许多车辆在疾驰。因为害怕司机困倦,领头的人坐到副驾驶座上和他拉话。我凝神盯着将要行近的路边的一块空地,那里有着混沌中粼粼的波光。司机略微侧了一下头,见我出神,解释说,那里有一个人工湖。现在下了雨,湖水估计涨起来了。大前年,这里的湖水曾经淹没道路,阻断交通长达一个月。后来,我也睡着了,在梦中看到一泓湖水。那里四周都是青草。山光水色,带着南方的酷热。我的眼前展开了一条刚刚竣工的柏油路。我站在路边向北方张望,路途遥远,我看不到归途。我一直看不到归途。之后我就醒来了,眼前蒙眬一片,甚至还有呼噜声。我看了一眼司机,他双目炯炯,而陪他拉话的人呢,也已经沉入梦中。我在自己的上衣口袋里摸索着,找到了一盒烟。我从里面抽出一根,递给了司机,然后才从裤兜里找到打火机。他抽烟的时候我向外面看了看,黑漆漆的夜晚像一个巨大的迷宫。我们行驶在夜晚的迷宫里,左边的树木的叶子蹭了一下车身,"唰"的一声,把我吓了一跳。借着车的尾灯我向后面瞄了一眼,沟壑幽深。我们已经行驶在悬崖的边上。

悬　崖

这里悬崖的边上有一块突出的岩石。那年,在雁北,我看见一群人次第有序地越过中间低浅的水面,坐到岩石上去照相。一个人,两个人,三个人。他们坦然而自得地微笑着,还伸出两根指头，做出"V"的形状。他们的身后是茫茫林海。我同妻子商量了一下，也想在那里留个纪念，她嘱我"小心一些"。从水面上跳过去时我的心里有点儿慌，但也不打紧，然后，我歪过头来，看了看悬崖的下方。这一看把我惊呆了。这一块岩石是凌空悬在山边上的，正下方的三分之一部分已经凸出来了，岩石的底下呢，是一条深沟。因为受到了山泉的滋润，有青草、绿树在沟底郁郁葱葱地长着，但是从沟底到这块凸出的岩石之间，大约有百八十米高吧，却全部是嶙峋的石头。我的心里又微微地紧张了一下，比刚才稍有加剧。然后我就坐到了岩石上面，对妻子说："好了。"她叮咛我："你用手抓紧旁边的树枝。"我遵照她的话做了，心里稍安，就将头部抬起来，看着右上方的云海。云海层次分明，意境深远。妻子说："头抬高了，稍微低点儿，再低点儿。"我觉得光线开始晃眼，阳光像突然而至似的。妻子按了两下快门，然后说："再换个角度照一张，避开直射的光线。好了，好了。"她说。我幅度很大地转了一下身子，眼角已经能够看到另一处的悬崖了，那怪石也鼓着眼角，用千年不变的神情瞪视着我。妻子抓紧时间按着快门，旁边的人早已开始催促了。"快一点，快一点。"他们说。我站了起来，头部似乎有点儿晕眩。我对妻子说："要不要给你照一张？"她摆摆手，示意我赶紧下去："我可不敢坐上去，看着你坐在那里，就已经担心不已了。"她说。其实那石头就这样屹立几千年了，不会有什么事。"会有什么事呢？"我说，"只是我们习惯了住在低处而已。"可是，走在路上，我的腿部还是有点儿打战。

后来这一夜，后来的无数个夜晚，悬崖就在我的梦中显形。

我凌空蹈虚，展开双翅，在悬崖的上空飞行。总是一面直愣愣的高坡，怪石斜矗，青草横生。有时能够迎面看到坡度，那近乎直立的陡坡突然变得斜缓，似乎是为了方便我们降落。在空中，常常见到善于飞行的同类。我们都缄默无言。彼此打个照面，然后就敛翅避开，各自觅求方向，各自飞翔。空中不是适合交谈的地方，仿佛语言的生成会破坏这新鲜的权利。奇怪的是，我们飞行时见不到鸟类，连一只会飞的昆虫都没有。这就加深了我们在地面上就有的孤单习气。那些鸟儿呢，它们都到哪里去了？空气，是宁静和潮湿的，还带着雨水与草木混合的气息，漫山遍野的青葱颜色总是扑面而至。我们的身体功能仿佛不是自然的获得，而是在身上绑缚过多的结果。有时觉得疑惑，有时自行解除部分束缚，身体的分量变轻，会觉得失去依托，就在空气中悄悄地下降，抵达离我们最近的地面上。双脚着地的感觉并不熟悉，因为有一种大力来托着我们，直到升入空中，俯视地上的众生。那悬崖离我们很远，它突兀而高，是草丛之上的天。我们是怎么飞行的呢？双臂平举，在梦中，我们也做出这样的姿势，身体呢，保持在游泳池中与水面平行的状态，然后从某一个稍高处，我们双脚使力一蹬，身体就获得了向前的推动力。更悬的一次，是直接从悬崖上离开，身体俯冲之势非常明确，然而横下心来，也没有什么惊心动魄的大事发生。我们置身在草坡的上方，只能够保持一种滑翔的动作不变，如果企图使力向上，譬如，想从草地上飞抵悬崖，则几乎就是妄想。从来没有一次获得成功。非常奇怪，似乎每一次都是这样，又似乎每一次，都是这一片草坡，通过梦境，我们和草坡，现在已经无比熟悉了。至于那悬崖，后来我观察到，它像一只大鸟似的昂首向天，估计是鸟类的精魂。它不愿意被我们惊动，就立在那里，代表着世间事物的某一高度。

高　度

　　鸟类变成了高度的化合物。我们从梦中惊醒，看看身边睡着的暖床，被面翻转，我们的神情游移不定。许多年，这样的梦境被我们引用，抵消生活中的种种不甘。然而巨大的日常是一股不可小视的力量，我们从来没有信心能够翻越日常这座大山，坐在那悬崖上，俯瞰人间绮丽风景。从2003年开始，我总是在这样的思想中腾挪辗转，然而世事难料，变化莫测。有一天我路过前几年住过的某小区，顺路一转就到了那会儿常走的立交桥上，因为闲暇日少，自从搬离这个地方，我就再也没有来过这儿。现在看起来，桥面被整修过了，栏杆也翻新了。那几年就在这里卖日常零用品的小贩还在，只是难以确定他是一直在这里，还是已经流离经年，再度返归故地。当年我累计向他买过鞋垫、小小的刮刀、五子棋和一把鞋刷子。我约略记得，当时的他三十多岁，腿部似有残疾，走路一拐一拐的，因此过早呈现出老态。我还记得，他的口音是我们那里的，所以常常暗地里称他为故乡人。这会儿，他向我推荐一条项链，"三十块钱"，他说。而且，他已经把项链从地摊上拿起来，要我检验一下。我说自己不懂得饰品，不买不买，我一再声明。"要不二十八，就二十八块拿走吧。老乡，照顾一下。"看起来，他认出我来了。我在他的摊位前停留过久，因此为他招徕了一些顾客。他一边和他们说着话，一边催促我掏钱。"这是最便宜的了，你看看这成色，到哪里能买到这么便宜的好东西。"我不吭声,这个时间略有些长。我在研究他和他周围的客人们,以前经常这样。那时我买过他的东西后,逗留下来和他说过几回话。

他说自己在供着两个妹妹上学,其中一个,竟然在北大读硕士。我不知道这种话究竟有几分可信。可是他言辞凿凿,说自己的妹妹读什么专业,在第几班几班。我想如果他说的是真的,他的妹妹现在该毕业了吧?他却已经不看我了,在招待一位新的顾客。我听着这位顾客的声音有些熟悉,就抬起头来。是她。我以前的旧同事。

她有些瘦弱了,这很难想象。她以前确实胖,自己和别人看着都不舒服。那阵子她一直吵嚷着要减肥,吃过许多种药物却不见效,似乎还报了好几种美体瘦身班。因为在一个部里,整天听她和其他几位女同事商量这些事,我的耳膜里都快生出茧子来了。以前我对她不抱好感,却想不起到底为什么了,她似乎也是如此。有一次我们部里吃饭,我们为一件什么事情吵起来,她扬言说要让我破相。同事们解劝着说别理她,喝多了。后来我们各自离开旧单位后,有传言说她被一个大款包养了。传递这消息的同事还感叹了一番。最近还有一次,是已经快想不起其人是谁的时候,又是一位昔日的同事谈论她,说她后来辞去了在某报的工作,现在已经到了一个什么局里,她在自己的新环境里如鱼得水,原因是她成了这个局的一把手的情人。此事让我吃惊不小。可是我对这个传递消息的人还是嫌恶不已,因为他说,她那种人,最适合吃这碗饭。不可能吧?不会吧?她那种火暴脾气?同事暧昧地笑了笑:"你还认为她脾气火暴?她什么时候脾气火暴了？都是老皇历了吧。现在她说话的声音变了，温柔得要死。以前打死你都想不出来。"我说她的声音本来就那样，她只是脾气坏。我们在一个部门里两三年，虽然合不来，但却是熟悉的。只是今天这事，还真没想到。同事说："啊呸，你还在怜香惜玉呢？她老早就这样，你不是吃不着葡萄就说葡萄酸吧？"我于是缄口不言了。我知道酸葡萄心理是男人的通病，如果我继续追问估计会更加暴露出破绽来的。但不说话又觉得如鲠在喉，于是我连喝了几口酒，被呛了喉咙。同事看着我咳嗽连连，觉得莫名其妙，说："我怎么怀疑你和她有什么猫腻似的……"现在呢，站在眼前的这个人正对着我发愣。"真的是你啊，这么巧！""是啊，是啊，"我说，"我们三四年没见了吧？""可不，"她说，"我觉得我都老了。你看我现在老了吗？"我说："看不出来，真看不出来，不过，你变瘦了。"可是，她拖长了声音，抑扬地说："我现在倒希望自己不这么瘦骨嶙峋的，我现在才八十三斤，你信不信？"

我一直想问问她别人的传言是不是真的。从立交桥上往远处看，到处是车水马龙。我在和自己的好奇心做斗争，但始终张不开口。估计是，我的脸色难看极了，所以她后来向我走近了一两步，这样我们就站在立交桥的栏杆前了。向下直直地看，立交桥竟然有这么高。我想，立交桥什么时候变得这么高了？她疑疑惑惑的，连连问我怎么了。后来就是她在追问："你到底怎么了？你病了吗？你有病吗？你真的有病吧……病了就去医院看看，要我陪你去看看吗？"我朝她摆摆手说："没什么，就是突然有些晕眩。立交桥什么时候加高了呢？"

晕　眩

　　从九月底开始的阴雨持续了整整一周。在房间里，我聆听着外面的雨声，看见了更年轻时候的一些事。天空的颜色是灰白暗淡的，像陈旧的乡下年画。如果算上在南方的那些岁月，那天空的颜色还要更深一些。南方的空气中有一种绿色素，像青葱的山水把它给染了色。我们从一个落雨的早晨出发，到下午四五点的时候抵达位于江西西部的这座小城。我看见它的时候，顺带还看见了车站上拉客的摩的。开摩的的并不限于年轻男子，仅我观察所见，是男女老少都有。许是雨水过多的缘故，这里的人皮肤上都带着水的颜色，是半透明的。但在我们看来，简直就是童话里的景象。他们说着我们听不懂的方言，偶尔还会询问一声："你们听懂了吗？"我们一律用摇头作答。

　　南方的暮色却使我们的心变得宁静。白昼里的一切早已隐入天边的云层了，城市里的每一处景物都被打上了一抹朦胧的光。那临街的阁楼上传出悦耳的琴声，比我在北方家中听到的琴声清晰多了。树木的枝叶上滴着水，不一会儿就打湿了我们的衣襟。撑起了朋友借来的伞，我想换一套干净衣服穿上。可是，我们离住宿地还很遥远。"估计得四十分钟呢。"朋友带着歉意说道。车辆在城市里疾驰，车流溅起路面坑洼里的水花，我们的裤脚上都沾满了泥。同行的朋友一路上都在致歉，这使我们变得不好意思起来。为了表示自己并不在意这样的天气，我们无一例外地把身子的大半露了出来。凉风灌进裤脚，像在为腿部挠痒似的。雨水已经变得细碎，湿润的空气中带着丝丝甜味，我们干裂的嘴唇都触到了这甜味,仿佛在片刻间都复原了似的。车子快速地拐进一条巷子,然后缓缓上坡,最后在一幢粉红色的楼房前停了下来。我们下车,搬动行李,然后朋友在前面开门、引路,我们进入楼道里。这幢楼房的内部是暗淡的,比天色更昏黑、阴沉。虽然嘴里不说,但我们的心思都一点点地沉下去。上楼,左拐,再上楼,左拐,我们进入到三楼左首的单元房时,屋子里的人都站了起来。他们正在煮饭。锅里的稀饭咕噜咕噜响着,我们闻到了一股子小米的清香。饥饿,像突然被唤醒似的,我们面面相觑着离那些人越来越近。朋友突然闪身过来,告诉我们说:"只有中间那个家还空着没人,你们将就一下,都住进去吧。"然后,他消失了。

  屋子里只有一张床,而我们一次来了六个人。地面上铺展着报纸和毛毯,但看上去都杂乱无章。报纸已经被撕破了角,东一片西一片地扔着纸页的碎屑。毛毯很小,看上去就是睡两个人都会觉得拥挤不堪。我们的感觉一下子变得很差。这一阵子,所有的人都不说话。短暂的沉默,像凝固的水泥墙壁,折射出了我们坚硬的内心。不知道是谁先提议要找到那个刚刚送我们来的朋友,做什么呢?跟他算账。怪不得他那么客气,原来是这样的。我们觉得被愚弄了。这样的结果,谁都想象不到。但是,怎么找呢?我们不知道那个朋友姓什么,叫什么,更不知道他住在哪里。他过去接站的时候,只说是某某人派来的,这个某某人,就是我们一直联络的那一个。但他并不在这个城市。朋友说某某人在南昌呢,要我们先安顿下来。我们跺着脚,把报纸胡乱一卷,更有心急的,卷着卷着就把报纸撕烂了,碎成一缕一缕,打开窗户,就从那里扔了出去。扔出去还不解恨,就骂了一句,去你妈的。这种恶劣的情绪迅速蔓延开来，大家就都骂开了："去你妈的朋友，就把我们丢在这里了吗？""这是什么鬼地方？家徒四壁，不仅床铺不够，就连简陋的家具都没有。"我们带来的行李堆积在地下，像一座小山似的。又不知道是谁提议了一句："先住下吧，等明天那个朋友送上门来再说，实在不行，就狠狠地揍他一顿走人了事。谁让他充当某某人的走狗。"这个某某人，现在已经开始被我们痛恨上了。

我们就在这提议中骂骂咧咧地拿出吃的、喝的，苹果啦，香蕉啦，矿泉水啦，甚至还有牛肉干和鱼肉罐头，我们胡乱将就着吃了些，然后呢，一窝蜂出去，问隔壁住着的那几个人借煤气灶一用。做什么呢？也准备烧一锅小米稀饭喝。那些人倒是很慷慨，说煤气灶本来就是公用的，只是小米呢？"你们带小米了吗？"我们说没有。那些人继续慷慨地说："那就先用我们的，今天已经这么晚了，又下雨，明天你们再出去买。"我们满怀着感激之情打开了煤气灶，烧了稀饭，喝了，然后，一群人坐在一起说各自是怎么来到这里的。这样一说，大家就都豁然开朗了。都知道，自己几乎是被骗来的。这骗自己的人呢，就是一直和我们联系的某某人。我们和他的关系错综复杂，有的和他是朋友，有的说他就是自己的兄弟，表兄弟。

那一夜，在这幢粉红色的小楼里，我竟然睡得很好，连梦都没有做。三天后，我就离开了它。一周后，在深圳关外，雨水淋漓，我开始失眠了。外面的蛙鸣阵阵，那声音巨大而团结，如同狗吠一般。只是，这雨季过于漫长了，它披荆斩棘，延绵深远，直到今天，我们的记忆里，都充满了湿润的水汽。

89

购房记

现在我是居住在自己的房子里了，而在此前的许多年里，我一直暂居在别人的地盘上。单位宿舍、逼仄的民房、简陋的一居室，及至后来有了爱人和孩子，才租住了两居室的房子。前前后后，是八年光景，这还是从到了太原算起；如果再加上以前漂泊于深圳的多半年，以及逗留于家乡县城的整整四年，迄今已经有十三年的漫漫光阴，我是彻夜在完全不属于自己的空间里呼吸吐纳的。

因为居住地的不确定性，我的职业、身份、心理种种，都是不确定的。这么多年来，我所有的挣扎和梦想，似乎都有着一个终极性的指归，那就是建立一个真正意义上的自己的家园。这种可能性的存在使我坚定地度过了许多难堪的岁月。

蜗居在单位的那几年里，随时可能出现的被扫地出门的窘迫、周四夜间突然而至的同事、战战兢兢的梦境，因为害怕别人议论而在慌乱和困倦中结束的睡眠，都是非常逼真的现实图景。在结束这种岁月的许多年里，我都带着一种暗自庆幸的促狭心理。在能够从自己有限的收入里拿出部分资金租房以后，我是再也不会为了节省这部分费用而死乞白赖地回到单位里了。这种或许出于自尊的选择一直延续到了今年八月。在长达九年的租房生涯中,我带着自己谨小慎微的理想、简单的洗漱用具、被褥、渐渐增多的书籍,出现在一个接一个的陌生区域。在那些逐步熟悉而又终将离开的住所中,我安放了自己沉重的肉体;许多原本毫无关系的人与事物见证了如灰尘般积聚却又终将消散的我的青春岁月;在亦步亦趋的对于旧时光的告别中,我拥有了爱情和憎恨、赞誉和诋毁、喧哗和落寞。无数难以重现的昨日都永久地离我而去了,随之离去的是我原曾以为可以相伴一生的友人们。岁岁递增的年轮使我从满怀自豪的激情状态中一点点地冷静下来;在我身心都漂泊无依的那些个昼夜里,我是如何看着曙光从遥远的地平线上冉冉升起,又是如何目睹夕阳的余晖缓缓降落在西部连绵的群山背后,因为事隔经年,我已经全然记不起来了。我唯一能知道的,只是我在三十岁那年开始萌发的购房梦想,到了次年的十月底终告实现。

房子是贷款买的,首付的款项虽不算很多,但也是婚前婚后三年的全部积攒。在日复一日盘算着买房的那些日子里,我们像个守财奴似的进行储蓄,严格控制每一笔支出。好在此前我们所过的岁月并未奢侈到哪里去,所谓节俭,也无非是将可有可无的消费项目直接砍掉罢了。但仅仅如此,对于庞大的购房费用也无异于杯水车薪。我和妻子原都是薪水相对固定的工薪一族,要想在工资之外另有进账显然比较难,无奈之下我只好想象将自己变成一台造钱的机器。这个荒唐的想法在我的心里盘桓了好些日子,直到我在近于绝望中接到了第一笔造字赚钱的活儿。

那已经是2008年元旦的前夕，距离儿子降生的时间已经很近了，我们本已做好了一切准备，杜绝一切外出，专等那个神圣时刻的来临，这时不得不暂做修改。家里人几经商榷，终于同意我外出采访，但要速去速回。我就这样忐忑不安地离开家，到数百公里之遥的异地行走了三天。等到我结束行程返回太原，同样行坐不安的家人终于舒出一口长气。儿子出生，在医院观察了几天后，他被接回到了这所临时租来的房子里。因为没有为儿子准备好一个固定的住所，我曾经羞愧了好些日子。这个暂时性的居住地，是个两居室，此前我和妻子结婚，也便是在这个地方。伴随着这些人生大事的发生，是我的工作几经变迁，是妻子为了生育辞去了原来的工作。以后长达数年，她一直为此耿耿于怀。好在我的运气不算太坏，在此后两年多时间里，我不同程度地接受这种赚钱的活儿有四五次之多，为此才使得购房计划的最终落实成为可能。

儿子跟随我们，在数次迁徙中度过了他降临人世后的最初岁月。第一次搬家时他刚过百天，因为房东准备将房子卖掉。在整个春天，前后有五六拨购房者经过房东的允可后来到我们租住的房子里进行验看。尽管我们屡屡提出异议，但因为房东意志无可更改，最终也只是使看房者的脚步略微放缓了些。与此同时，鉴于工作变更以及内心的抵抗，我不得不重新租房。我尤其不能忍受的是那些购房者像主人般坐在沙发上对这所房子做出品评，完全无视我们的存在。大多数时候房东会专程从南郊老家跑来作陪，但也偶有例外。在这种情况下，我们还承担了接待这些看房者的义务。因为实在恼怒这些冒昧的入侵，我终于在电话中发了火,并在房东我行我素的辩驳中摔了电话。

此后大约一月间,我不得不中断了日常的部分工作,开始出没于城市北部的居民区物色我们的下一个居住地。我打印了数十份租房启事,写明面积、房子朝向(我只喜欢朝阳的房子)、租金范围、付租形式等,在月色昏黑的夜间张贴于单位邻近的一些小区。之所以选择夜间出没,完全出于内心羞涩。我曾经试图在阳光下工作,但总是在那些小区居民的目光中败下阵来。倒也没有人过问此事,但是他们盯着我手中的纸张和胶水,像盯着一个身份可疑的人一般。我总是在这样的注视中面色发窘。事后证明,这种方法并不可行,因为合适的房源总是异常抢手。我只接到过一个房东打来的电话,兴冲冲地跑去看了,却发现诸般条件都不合适。房子是东西向的,阳台上堆积了杂物和数年的灰尘,木质窗子摇摇欲坠,房间里空无一物,水泥地上有蟑螂在爬……破败昏暗的楼道里同样堆满了生活垃圾。我没有问价格便从房东自我满足的吹嘘中逃离,回家后向妻子数番感慨。妻子笑我自讨苦吃,我反驳她没有亲见罢了。总而言之,经过了十多天的努力,租房一事毫无进展。

我开始变得焦躁不安,终于重拾以前用过的法子,购买每周两期专登租房、征婚广告的信息报。而我起初之所以弃此法不用,主要是觉得上面的信息适用者不多,且多半并无更新,以前我曾经按图索骥打去电话,不是该房子已租出,便是房子并不理想,如我上面曾经探看的那家。当然也不能断言全无用处,但必须抢早,报纸一上摊便即刻联系,如大海捞针,或有斩获。现今我实在无路可走,只好等到报纸出版那天,硬着头皮起早,争分夺秒地赶到准备租房的区域，然后买报、仔细筛选，然后才打去电话联系。

如此几番，终于在月头上那天碰到两家，听起来大致合适。按照先近后远原则，先去看了近处的一家，房子的朝向还好，家里还算整洁，有阳台，有床，有煤气（虽然许久不用，拧之费力），但最后发现了要命的一点——家里没有卫生间，方便的时候得跑到楼道里的公共厕所。我犹豫了，给妻子打去电话商量。妻子正在清理孩子的大便，语气颇为不耐，一听没有卫生间就否了。

我带着失望之心去看另一家。这房子里前房客正在收拾东西，漂亮的婚床给屋子增色不少。这是位于三层的一个两居室，房子面积五十多平方米，有朝阳的卧室，有小小的客厅、小小的卫生间。有两个阳台，北面的一个兼作厨房。这下我觉得安妥了。麻雀虽小，五脏俱全。未及请示妻子我便交了订金，说好三天后搬来。由于匆急，并没有看到卫生间和厨房的脏污，后来妻子用了大半个月的时间，才将其收拾干净。

我们购买房子的念头就在一次又一次的租房经历中得以强化。但每次合计，都觉得自己手里的资金尚不足以支付哪怕是三成的首付。我们在这新租来的房子里住了一年零四个月时间。在行将搬离的前夕，我着手购房。但价格日渐上涨的新房让我们望而却步，我们遂把目光放到地理位置相对优越的二手房上。我联系了好几个中介公司，但最终只与一家取得了相对的信任。由此开始，我踏上了看房的漫漫征程。

在大约两个月的时间里，我骑着自行车和中介公司的人看了一处又一处二手房。无一例外，它们都被说成是好的。这些房子位于这个城市的各个方向，但因为我提出要求在先，它们好在都没有超出半小时的自行车车程。我们所抵达的最远的一处，位于城市东北部的半山区域。又因为攀坡费力，这房子在没有出现在我的视野里之前已经被我排除出局了。事实上，这房子相对不错，位于三层，两室一厅，朝向还好（南北通透），楼前并无遮挡，而且，小区环境还算整洁。不过，它所有的优势都被地理区位上的相对弱势抵消掉了。这是唯一被中介公司强拉硬拽着去看过的二手房，因为房子刚刚装饰过，所以被拿来做了样板。但这房子迟迟卖不出去，大约也是人同此心吧。时隔俩月我还接到一个电话，被提及的仍是这所房子。除此而外，那些被我光顾过的房子似乎都抢手、旺销，因为总是隔不了几天，我便被告知：上次看过的房子已经卖出去了，价格是多少云云。然后对方便再提供一个新的房源。

　　由于中介公司工作人员的敬业，我得以进入许多曾经私密的住所。这些住所大小相对统一，都在六十到七十平方米之间，取光多半都好，多数为正房。当然，这也是因为我有言在先。但我们的约定被遵守的也只有这么多了，我多次刻意提到的小区环境常常被忽视。陈旧的二手房处处散发着没落而衰败的气息，院子大多没有硬化，好几次雨后，我站在楼前肆意疯长的杂草前，内心虚弱，有了一种老境将至的错觉，且80%的房子都没有防盗门。在我终于忍不住失望之心，向中介公司提出种种质疑之后，得到的解释是，像这种小户型的房子本就抢手，要买到一处合适的，其难度并不比找到一个好婆姨小多少。"而且，"他们谨慎地看了我一眼，然后语多不快地说，"好房子未必没有，就怕你出不起价。"这句话让我难堪了一阵子。他们应该早已从我的行装中做出过判断，而之所以不厌其烦地带着我看房，大约也是希望我能及早地悔悟过来。我推着自行车，站在中介公司修葺一新的门面前，第一次对自己的选择产生了疑惑，进而对他们的能力产生了疑惑。我带着满心的不安向他们提出，如果再没有各方面条件都合适的房子，就不准备再看了，否则，双方都在徒费精力。他们似乎对我的说辞不满，但也无可奈何。此后两周，他们没有再联系我。

突然从近于亢奋的看房状态中撤退出来，我一时竟然难以适应。有几天时间我用来上网，在各个网站上浏览本市的二手房信息。甚至再次买了几期的信息报，从里面的待售房源中进行筛选，并打电话联系了几家。但没有多久我就再次失望了。那看起来合意的房子远远超出了我的承受能力，我的简单的住房理想日复一日地黯淡下去。好房子如镜花水月……在声声叹息中我再次接到了中介公司的电话。这次他们声称："房子绝对让你满意。"楼层是三层，面积有五十六平方米（感觉略小了些），但也有两居；幸好，采光还不错，而且不久前装修过了，可以直接入住；最关键的是价格便宜，在我的承受范围之内，而且可以首付四成，其余六成能做贷款。这一来，与我们的设想目标渐渐靠近了。

我去看了这所房子。地段很熟悉，我以前在附近上过班的。房子周围的环境算得上是优美。我们去的时候，正值酷暑，整个小区浓荫匝地。据说这里的绿化曾经在这个城市里领风气之先。

十年过去，可与之比肩者仍寥寥无几。由于小区很大，每幢楼前都形成了单独的聚落，里面的居者，以及基本的设施并不相同。我略觉遗憾地走进了那个已显破旧的月亮门，中介公司推荐的房子位于最西边的一个单元。依然是满院子的绿，只是因为无人打理，这里的树木花草长得有些疯狂。猛一回头，先是看到赤膊的人在往楼前的一处空地上倾倒垃圾，那里已经堆积起一座小小的垃圾山，然后就觉得有一股恶臭远远地飘散过来。我掩鼻疾走，双脚踩到了几处水洼。我带着探询的目光看了看同来的人，他们径直上楼，脚步声在楼道里杂沓凌乱。房间门很快被打开了，我尾随着进去，四处逡巡。一进门是小小的客厅，两个卧室一南一北一大一小占据了大半面积。这房子是临街的西户，卧室下面便是大马路，站在房间里不多时，已经有数十辆汽车激越而去。厨房和阳台在东，是共用的，有窄窄的过道和客厅相连，卫生间则见缝插针地分布于客厅的东北角，也就是房门的右首。房子的确不大，但并不觉逼仄。正值下午时分，阳光从客厅的窗户上射下来，屋子里热得惊人。我倒是喜欢两间卧室里的整洁。尤其是南面大卧的墙上，贴着绿色的壁纸，十分惹眼。

中介公司的人不失时机地征询我的看法，我说屋子里太热了……而且，我刚刚发觉，整个屋子是从西边取光的。"南边的这堵贴壁纸的墙的外面是一所医院，还是宾馆和饭店?"中介公司的人支吾着："反正互不影响，你就说这房子，比前几回看的好多了吧?"我没再吭声，心里琢磨着在南边这个大卧里摆电视机和妻子的梳妆台，又想，大卧和客厅的窗户都得进行简单的处理，否则整个夏天，真是没法待了。唯一稍觉凉爽的北面的小卧里可以支一张一米五的床，可以放个书柜，若要再支张书桌呢，就显得拥挤了。如此一来，就只能买小一些的桌子了。看来，我对大书房多年的憧憬又得告一段落了。默默地想了半天，还是觉得心有不甘。中介公司的人也不再催促。后来又去看卫生间和厨房。卫生间太小了，连安装淋浴的空间都没有。再后来，还是离开了。

既然有种种遗憾，我终于下定决心改变方向，不再看二手房了。这个城市里鳞次栉比的新房建起来，未必没有一处是我们合意的。回家和妻子如此这般说起，其实心里的热情已经部分冷却。而且随着搬迁时间的临近，心里的焦灼感再度泛滥起来。这次是房东的小舅子，因其妻子生产无人照顾，要搬来居住（房东住在同一幢楼的五楼），还有个理由是一时物色不到合适的房子。房东无奈地和我们诉说，我只当他是在说闲话。拖了几个月，终于在某一天听说这不成器的小舅子闹上门来了。事后夫妻二人都下楼来和我们解释，说实在是没有办法了，其实也不想让我们搬走的。又说若一时买不到合适的，可以再租个房子慢慢踅摸，反正买房子是大事，哪能心急呢。

这样一来，我们又不得不打乱原来的计划，从原本准备购房用的资金中拿出一部分用来租房。房租实在是涨得太快了，真是大出我们意料。在我费尽周折，终于和年逾七十的新房东谈好月租后，次日交钱，老人又万般歉疚却又十分肯定地涨价了。每月再加一百，再无退让余地。但态度却是好的，一再说并非自己的意思，是女儿在坚持。房子的产权毕竟是女儿的嘛。我异常厌倦却又实在没有时间再去奔波了，只好接受了这临阵变卦，但心里在止不住地骂娘。

好在这是购房前最后一次租房了。在住进这新租来的房子两个半月后，我们终于买到了自己的房子。八十八点五平方半的现房，三成的首付。交纳首付款后半个月，另外的七成房款从银行转账到房地产公司的账户上。作为借款人，我们从这一年的最后一个月起开始按月还款。租房时代终将结束了，房奴时代隆重登场。

但新房仍是毛墙毛地，距离达到入住条件仍很遥远。由于我们对装修之事尚属无知，而且漫长的供暖期马上来临，所以在开始供房后，我们仍将寄居在租来的房子里，直至住满一年时光。这一次的时间精确得不能再精确了，在一年租期满后，我们彻底离开了那永远是别人的房子，连一天都没有拖延。这仅仅是十天前的事。总而言之，这新鲜感到现在还没有过去呢，正常估计，它势必延续一段日子，直至一切重归平淡。

新房子位于城东，是幢临街的高层。说起来奇怪，与我先前因为地理区位偏僻而断然否定的那处二手房位于同一条路上。只是那房子居北端，有一段路山势陡急，现在相中的新房则位于这条路的最南端。与这条南北向的路相交叉的，是一条修筑不过四五年的东西方向的大街。这是一条通往城市外环高速的主街道，因为前几年里屡有载重超负荷的拉煤车往返穿梭，所以路面毁损严重。那高低起伏的部分是旧日时光的馈赠。这里同样位处东山，地势较市中心要高，不过因为距离尚不算远，所以觉得可以接受。紧邻这处楼盘，有一条人工开凿的河道自东南迤逦流向西北，河中有污水顺流而下。开发商将这条不知道何时才可以改造完成的臭水沟纳入宣传语中，我们的家园因之被称为"水景楼盘"。由于地处僻狭，这里楼下的空间少得可怜，小区绿化更是谈之过早。截至目前，这里仍是单独的一幢楼，总高二十六层，一至四层拟作大型超市，自五层往上，全部出售。作为弥补，在四层上面建有三千平方米的"空中花园"，实际上就是一个露天的广场，至我们搬迁之日，花园仍是一片荒芜。由于设计户数较多，多数房子的格局并不理想。我们头一次看房，是在去年国庆节过后，当时秋风乍起，天已经凉了。由于难做抉择，此后稍有犹豫。这期间看了几处房子。有两个即将封顶的楼盘与现在我们的住所隔河而望，属于棚户区改造工程。有一个面积一百零八平方米的，一个八十多平方米的，价格合理，一度让我动心。但因为房子的证件并不齐全，且交房日期尚难确定，再加上其余种种担心，在斟酌再三后还是放弃了。此后又看了几处，其中一个楼盘位于市中心，均价却高达我们后来所购新房的1.5倍。我去的时候，八十平方米上下的小户型据称只有不多的几套了，且位于低层。戴上安全帽进入工地后，售楼小姐在前引路，我们在不知何故一片漆黑的楼梯上攀爬，耳畔传来电钻打孔的尖利的噪音。或许出于善意，我被谨慎地问及缘何要在此处购房。"是小孩在附近上学吗？"我说："不是，孩子还未到学龄呢。""是在附近上班吗？"我说："是，但不坐班，时间比较机动。""那就没必要在这里买了，连我们都觉得这房子卖得贵了。"我奇怪地看了这个卖房子的人一眼，心里对她的说法极是赞同。事实上我们谁都知道，在这个保守的内陆城市里，这里的价格算不得最贵的。位于城市南部的一些豪华楼盘，每平方米均价差不多是这里的两倍。

而在更加遥远的一线城市，数万元甚至十万元一平方米的高房价更是让我们咋舌。我说是啊，我们总是觉得房子贵，什么时候才能买得起房呢？

在被友好地劝退后，我终于回过头来，再度审视这座"五证齐全、即买即住"的楼盘。这次做决断只有短短的一两个小时，我和妻子对着已经被拼贴起来的共有四个单元的长长的户型图（宣传单本是单张，各单元独立）进行了详细的对比和探讨，然后终于被这个有着宽敞的转角阳台的户型所打动。接下来的程序便很简单了。稍作联系后，我们便奔赴售楼处，找到当日接待我们的售楼姑娘。在经过一阵核算后选择了楼层，然后付了预定款。次日交纳过一万元定金后，我们来到了房子所在的二十层，细看微观。

两个卧室都是朝阳的，采光很好，我把其中带阳台的那间大卧规划为自己的书房，在想象中出现的，不仅是三面墙满当当的双开门的书柜，而且还有一张我今生所见的最为宽大豪华的写字桌。坐拥书城的感觉使我忘记了过去岁月中所有的劳碌和辛苦，那幽幽的木香散发出梦幻般的气息。妻子很快对沉浸于遐想中的我表现出不满。"你在发什么呆呀？快看看这扇窗户，看看墙壁和地板，看看房间有什么问题没有！"不满两岁的儿子蹒跚地走过来，紧紧地拉起我的手，满房间窜来窜去。置身在一座毛坯房里的错落感觉我不是第一次有，但面对这个未来的家时，我还是有些微微的不安。这里合适吗？我们这就买房了吗？这时我不是单独的个体，我尤其是一个丈夫和一个父亲。我一再地问起妻子的感觉，看她点头、微笑，便觉得稍微放心了，然后屡屡再问，直到她被我弄得厌烦,转过了头去,我才暂时地停顿下来。

在回家的路上我还在想着房子。那里现在没有遍地绿荫,没有花园,在酷热的夏季,楼下甚至连个乘凉的地方都没有。然而我将在这个地方居住下来。在二十层楼那么高的地方,极目可以看到远方的山脉,不远处的树木、公园,城市里的楼群,穿梭如蚁的车辆,还可以看到层次分明的云影,甚至可以看到飞鸟。她毕竟是我们今生第一个真正意义上的属于自己的住所,我们必须学着去爱她,像爱自己的母亲一般。仅仅一周过后,我们被通知,交纳了房子的首付。在等待贷款的那些日子里,我如坐针毡,总有着种种担心。幸好仅仅半个月时间,贷款审批通过了,我们像完成了一桩壮举一般。因为直到此时,这套房子才真正地归我们所有了。

但直到此时,我们仍然没有拿到房子钥匙,我们向开发商提出这个要求后被果断地拒绝了,原因早被告知,拿钥匙前仍然有将近三万元的配套性费用等需要交付。在数次交涉未果后,我暂时性地放弃了拿钥匙的想法。整整一个冬季,我和妻子再没有来到这里。我们再次进入这所房子时已经是开春后的事了。在过去的几个月里我们又筹措了一些资金。再度面对这久违的地方时我有些慌乱,"我们准备好了吗?"我回头问妻子。她没有答话。这次她带来了卷尺,因为接下来,我们有一场装修大仗要打,她得先量好房间每一个细部的尺寸。有好多地方是马虎不得的,妻子的记事本上,所有的尺寸很快被记录下来了,有些地方甚至精确到了"毫米"。

装修记

房子买来以后一段时日，生活似乎稳定下来，每天夜里我都可以睡得踏实。这种感觉的确是太奇妙了。想一想吧，一个人从赤裸裸地来到这个世界上，身无长物，到拥有一套自己的房子，是多么漫长的一个过程。我至今常常可以想起幼年起居的老屋，斑驳的墙面，高高的顶棚，再加上低矮的灶台，砖砌的地面，在屡遭风雨剥蚀之后已经显得残破不堪。我在那里度过了最初的岁月。如果记忆无误，离开老屋的时候我刚刚读完了小学，仅仅长我两个月的堂兄业已辍学在家。在十多年的比邻而居中积累起来的友爱亲情很快就要分崩离析。堂兄面临赚钱养家的重任，而我将升入初中，怀揣着对未来岁月的无限憧憬继续就读。这种根本性的差异导致了我们在许多事物上见解不统一。没过多久，他就开始向着成人的思维逼近，而我却仍是满脸的稚气和满嘴的学生腔。二十多年过去了，他看起来已经很像一个历经沧桑的中年人了。我在离开校园以后辗转于社会上，也早已变得世俗。极其偶尔地，我们重又聚集一处，共同谈论生命中的种种得失。我常常羞于谈到自己的生活，因为历年的奔波并未带来生存境遇的彻底改观，我仍是一无所获。尤其最近三五年，他会依据道听途说来对我持续多年的学业做出判断，言语间不无轻视之意。每逢这种时候，我只能缄默无言。在城市里辗转迁徙的经历成为我最大的心病。堂兄曾经多次探询我的居住地，但因为漂泊无定，我每每以苦笑作答。这一切似乎都等着一个一鸣惊人般的突破，我悄悄地和妻子说过，等到买了房子那天，一定要请堂兄到我们的新房里做客。而今终于梦想成真了，我站在空荡荡的房间里，忍不住就要拨打堂兄的手机，却被妻子及时地止住了："你要想想清楚，是请他来看我们的空房子吗？"我大梦初醒，放下了手机开始苦思冥想。

　　如果说买了房子可以使我安睡，那旷日持久的装修则将再度打断我们平静的日常生活。一想到装修，我就头皮发麻心神不宁。我听过太多的人在装修中累病了，听到太多的夫妻争吵源于家庭装修中的细枝末节，听到越来越严重的装修污染夺去了多少人的性命……我再度因为没有买到一所精装修房而长吁短叹。但一切为时已晚。从拿到钥匙那天起，我就不得不制订计划未雨绸缪。确定装修风格，筹集装修经费，寻找装修队伍，购置装修材料……千头万绪，简直纷乱如麻。为防自己走上弯路，我就装修事求教于多人，并不厌其烦地去好几位已经装修完毕的朋友家里实地观摩。又从网上下载了一些资料查看，这些资料芜杂而烦琐，事无巨细，泥沙俱下，看一阵就令我头脑发胀。所有的工作都搁下了，拒绝了所有外出，看起来专心致志，实则内心发虚。然而我心中的欲望无限膨胀。多少年里租房子的遗憾使我对自己的新房充满了诗人般的想象。我不能够使自己再度住进一个脏乱差的环境里,更不容许儿子自有记忆起,就对这个由我们一手建立的家园留下不好的印象。但所有的想法都流于空泛,真正的装修却不能停留于纸面上。过来人都对我的美好幻想郑重提出告诫:"世界上没有十全十美的事情,再完美的装修都不可能不留有丝毫缺憾。而且,房子装修质量的好坏未必与资金投入的多寡没有关系。"实打实说,其中关系确实太大了。一想到钱,我就不能理直气壮地对妻子做出指令了,"我们要如何如何",也只是在口头上过过瘾罢了。

好在妻子一向能够精打细算,在她的监督下,我们尽可能地少花钱,多办事。尽管如此,按照我们原先的设想,到最后算总账的时候仍然发现大大超支了。那多出来的钱花在了什么地方?我们一下子既想不清楚也说不明白。因为我们只有一个含糊的基数,根本没有想到装修一座房子到底需要投入多少。所有的间接经验都不会起到实质性作用。装修完毕,家庭经济一度吃紧,我再不复有刚买房那段日子那般轻松心境。然而在这事关安身立业的大事件面前,这应该是被允可的。在夜间突然而至的失眠中,我常常以一种阿Q的精神安慰自己。这么多年,幸亏有这种自我解嘲的法子,否则,我们早该在接踵而至的岁月坎坷里疯掉和傻掉了。果真如此,我们也不能确定这世界上会不会有人为我们流一捧同情之泪。

在正式开始装修之前,经由朋友和同事推荐,我见到了三拨装修队伍。他们各自进入我的筛选视野。在由不同的人列出的装修预算中,我不同程度地感受到了囊中羞涩的恐慌。太高了,我对着这些预算单发出感叹。在领略到我的这番意思后,他们将可以缩减的项目指给我看。"如果你手头确实紧张,可以把这个项目减掉,还有这个。"仔细斟酌半天,我说好。于是,客厅吊顶、电视墙都不弄了。门呢?"门可以不用烤漆的。"我说:"这有什么区别吗?""当然有区别了,烤漆门多显档次啊。"我说看不出来。"怎么会看不出来呢?"他们马上表现出气愤。我只好妥协:"那就看情况再说吧。"由于准备不足,我在许多方面表现得无知、盲视。这种情况到后来愈演愈烈。当然,因为报价过高,我把这三方都拒绝了,而选择了在价格上伸缩度较大的一个装修公司。该公司已经在我们这个小区装修了好几家,且事前与我们联系多次。我去看了他们的装修工地,每次都碰上工人们正在埋头造饭。我无法对他们的装修质量做出品评,因为一切都还是明面上的。我只能看到平展展的瓷砖地面、墙面,而看不到隐藏在下面的水电工程,看不到可能存在的重重危机。我只能看到光线照耀的部分,看不到那些背后的人工劳作。我很想在那些经由他们的手装修完工的居民家中拜访一番,探测了解他们的手艺到底如何。但这个意愿最终没有实现。他们对于那些曾经的客户,总是保持着足够的尊重。这个时候去就不太合适了,"闫哥你还有什么不放心的,这几家工程也都快结束了,你即使再外行,总可以看出这些瓷砖贴得好不好吧?你再去看看卫生间、厨房,再看看这木工活……"我在锯末纷飞的木工工地停留了一会儿,耳朵里嗡嗡作响。"太吵了。"我说。马上就退到客厅里了。他们追问:"怎么样?"我没有点头,也没有摇头。两天后再次接到装修公司的电话,我说:"好了,现在谈价格吧。"

签订协议后,交纳了装修总价六成的工程预付款,装修的帷幕便拉开了。我设想中浩浩荡荡的装修场面没有出现,除了开工那天来了一帮人,包括装修公司的老板、业务经理、设计师,还来了一个工长、两个水电工、两个砸墙的工人,后来的一个多月中,一直只有一两个人在忙活。看他们举重若轻的样子我总是焦急。砸墙工人几榔头下去,噼里啪啦一阵乱敲,一堵墙倒了,又是几榔头下去,仍旧一阵噼里啪啦,卫生间与厨房的隔断上便出现了一扇门的雏形。他们动作很快,敲完后收拾了遍地狼藉,提到门外,便转身走人。就这么简单吗?我有些茫然地看着工长。"可不这么简单?这又不是什么大事,他们天天干,已经很专业了。"我想,看起来跟玩似的,有一种肆意和欢快。这道工序完成后,水电工上场了。"水准备怎么走?电怎么走?"他们开始询问我了,我还没有厘清头绪呢,他们已经开始在墙壁上做记号。"电视墙虽然不做了,但插座仍在门口那个位置,这样客厅显得宽敞。电话线呢,离沙发近点儿,方便接听。线路太远了,可以再扯近点儿。""好。"他们麻利地点点画画,一边商量,一边帮我出主意,甚至代替我做主,很快把整个家里的水电线路确定了。我有些狐疑地看着业务经理。"这样合适吗?是不是应该事先出一张水电图,这也是签订协议的时候交代的。""水电图没问题,今天忘带了。"我和妻子面面相觑。妻子有些不满:"怎么会忘掉呢?如果有哪里不合适,你们可是要负责任的。""不会的,不会的,嫂子,你家的水电改造太简单了,可以说,是我们在这个小区做过的这些家中最简单的,你放一百个心,这些人都很专业,是公司专门为你们准备的。"我听了这话想笑。妻子没有笑,她还是不太放心。第二天我们找了一位在单位里做电工的邻居来了。两个工人正在忙活，一个在墙壁上开槽，一个在门口摆弄电线。我递了根烟过去。邻居帮我们看了电线、水管。在看出我们的意思之后，这两人似乎有些不快。年轻的一位脾气有些躁："老闫，你这就是不相信我们了。"我说："哪里哪里，二位是专业人士，可我不专业啊，不专业就得好学多问，你们说是不是这个理儿？"

好在水电工程很快就干完了，确如他们所说，我家的工程太简单了。好多电路都维持原样，只在客厅和大卧动了少许，加了一个壁灯。工程量最大的要算卫生间和厨房。考虑到厨房重地可能负荷过大，接了一根很长的线。另外的部分就是水管了，我们要在卫生间安装热水器、淋浴房、洗面盆、坐便器，门口处还要摆放洗衣机，这样一来，仅仅五个来平方米的卫生间就显得有些拥挤。开工后的第三日我又去看了，这次房间里已经空空荡荡，工人师傅早没了影子。看看客厅里，只有几根电线凌乱地扔在当地，卫生间和厨房倒是像做完活的样子，由于线路密集，几乎下不去脚。打电话给装修公司，他们也说不清楚工人哪里去了。我想这下好了，这帮人揽到工程就松懈了。又突然想起水电图到现在还没影子呢，站在寂静的屋子里，东瞅瞅西望望，还是吃不准这到底算怎么回事。大约五六分钟后，电话响起来了。那边说："我是你家的电工……"我想起来了，这是那个小伙子。"你们怎么搞的啊，这才刚开工就不见人……""什么怎么搞的啊，你家的工程已经干完了，我们有必要再待在那里吗？""已经干完了？"这回轮到我吃惊了。我的确太无知了，太自以为是了。岂不知他们早都从我们简单的装修计划中嗅出端倪，我们准备在客厅和卧室通铺木地板,只做不多的木工活,在精简得不能再精简后,只剩下水电改造、地面找平、给卫生间和厨房阳台贴瓷砖、打衣柜、刷乳胶漆等硬装活儿留给他们,而且在价格方面几经商榷,他们所能获得的利润空间已经极为有限,所以敷衍塞责、拖延了事早该在预料中。在这上面,我们完全站在各自的立场上,我希望能够既保质保量又高效率地完成装修好留出尽可能多的晾房时间,他们则按照常规,绝不会在一棵树上吊死。他们开足马力揽活,不厌其烦地与客户沟通,帮你出各种主意,直到协议签订,便近于万事大吉。谁知道他们同时在为多少家做装修呢?接下来的日子,这种猜测逐步获得验证。我多次与装修公司联系未果,直到跑到他们公司里发了通火,这才缓缓拉开第二道工序。而这已经是十天后的事了。

瓦工来的那天,我又起了个早。临出门前我还翻看了一下日历,被戏弄的感觉再次升上来。但我一再告诉自己不能再发火了。事已至此,为了防止这些人在装修中做手脚、搞破坏,为我们留下隐患,我不但不能发火,而且要尽量与他们搞好关系。绝对不能与这些人争一时之短长。他们是流水的工人,我们这里是铁打的营盘。新房子不是我们暂时的居所,如无意外,我们将在这里至少住五年,甚至十年、二十年。在我没有能力购买第二套住房之前,这里将是我们在这个世界上唯一的完全意义上的家园。基于种种考虑,我到门口的小超市里,给装修工人们买了几盒烟。我想象我们不会再有冲突了,因为他们来自乡村,就像我的父亲、兄弟。一路上,我几乎被自己的宽容和忍耐所打动。在打开家门的一瞬,我还想到了他们恶劣的劳动环境,想到了屋子

109

里呛鼻的灰尘，想到了他们艰苦的起居，想到了他们对城市的爱与憎恨。这是很有可能的。在这个钢筋水泥的城市里，他们只是懂得钻孔，使用焊枪、瓦刀、油漆刷子的一类人……但我的想法又错了。在我满怀着人道主义的同情心，出现在自己家里时，我顿时觉得自己的同情心无处抛撒。这位被等待了一周的瓦工是个河南人，为他搭手的是其妻子。他们衣装整洁，神情平淡，男的脸上甚至带着一点儿……倨傲。我递给他烟时，他摆手不接，我只好硬塞到他的口袋里。完成了这个动作，我蓦然回味过来，现在我是有求于人了。这种感觉，与我在许多场合的体会竟然是相似的。我的确有许多麻烦事儿，我求过许多人办事。塞给他们礼物，"不要，不要，你这是在做什么嘛"。所有的人对我的礼物都不屑一顾。他们见多识广，目光犀利，言语客套，举止端庄。一切的一切，与这位远道而来的瓦工是相似的。事后他告诉我，因为路途远（我们的房子在城市东北方，他住在城南，河西），他曾经在来与不来的问题上大费踌躇。他的言语验证了我们的另一个猜测——他们与装修公司并无直接关系，现在接受这桩工程，只是因为工长邀约。他们是地道的自由职业者，手艺人，一招鲜吃遍天，不会彻底受制于人。

　　所幸这一位的手艺还真不错。他找平后的地面平整如镜，肉眼看不出瑕疵。他贴好的瓷砖经得起许多挑剔的眼睛审视。妻子、岳父，甚至我的几位同事、朋友看过他做的活后，都发出了赞叹。他动作麻利地拌料，抹泥，将瓷砖上墙，做完活后将身边收拾得利利索索。前后有一周多时间，他们夫妇俩吃住在我们家。路真的是太远了，跑来跑去太费时间。他一再地向我解释。

我特别能理解这一点。但处于装修期的我们家的住宿条件实在是太差了。他们在找平后的地面上垫了块从楼下找来的木板,把简单的被褥铺到上面,夜里就在房间里安睡。幸好是夏季,一切可以对付。我和妻子商议,是不是可以把我们的旧床垫给他们拿来?我还是觉得他们过于艰苦了,为什么没有自备一张简易的行军床呢?老实说,我丝毫都不反对他们住在这里。因为考虑到食宿用电,我们又去交了一回电费。因为难得与他们没有芥蒂,我甚至希望他们能在这里多干些日子。但我们家的瓦工活终于结束了,他们早些几日接到了两份新活儿,新主顾已经在电话里相催。在他们离开之后,我们家的装修进度就接近一半了。打开卫生间和厨房的灯,雪白的墙壁亮得刺眼。我在这里部分地体验到了"新"的含义。现在所剩的,只有一个衣柜、一个橱柜、一个鞋柜,然后是客厅和卧室阳台整体性的墙面处理,再然后就是浩浩荡荡的安装工程了。厨卫吊顶、门、垭口套、窗套、木地板、卫浴设备、橱柜、油烟机、灶台、晾衣架、窗帘……眨眼间,我似乎已经看到装饰一新的房子:现代简约型装修风格、两室一厅一厨一卫一阳台、全套家具,很快达到入住条件,晾晒时间可长可短,完全视个人需求而定。太快了,如果这所有的一切只是简单的算术叠加,我真想象不出这被多数人畏之如虎的装修何难之有。我的乐观心理影响了妻子:"这么说,我们就要装好了?""快了,快了,许多事,我们应该把它想得复杂些,这样就显出事情的简单来了。"我们没有错,装房子不是儿戏,但事实也没有错,因为我们的房子毕竟不算大嘛,我们又没有追求什么特别的效果。我们的家不是豪华宾馆,不需要美轮美奂,它只要具备最基础的住宿功能就够了。鉴于家庭经济因素，我的想法早就一变再变，现在我是现实无比的人了。饶是如此，我们的装修支出也早已达到设想的二倍，它还在跨越、扩张，我们仍在追加投资。如果是真正的投资行为，考虑到投入与产出的比例，我们绝对不应该这么干。好在这不是投资，不是设赌，它是家园建设，事关今后，牵涉长远。我们总不能拿低廉的劣质材料欺瞒自己，我们又不能打肿脸充胖子，我们不能盲目攀比，我们不能充当冤大头……如此种种，终于使我感到了疲惫。到工程快结束时，有那么几天，我突然对这桩事情失去了兴趣。为什么要装修呢？住简单的房子不好吗？既可遮风避雨，又能埋头造饭，吃喝拉撒既无影响，凭窗远望亦无阻挡。无论装修不装修，这都不是茅屋，不会为秋风所破。人何苦令自己作难呢？总而言之，我是从一个极端走到了另一个极端。思维变幻之快，不只妻子吃惊，连我自己都说不出所以然来。

我们在装修材料上提高了成本，使本就不宽裕的日常生活更加捉襟见肘。再加上对木工活的极度不满，我对自己的草率决定开始怀疑起来。我们的衣柜是按照衣帽间来设计的，但木工一来就提出了问题。衣帽间不能做，因为没有高达两米七的通顶的推拉门。这件事情是这样的：我们的衣柜展开来是两米四，正面长一米八，深度六十公分，侧面长六十公分，深度亦为六十公分。顶柜高六十公分，深六十公分，它不可能延伸到一米二的深度，没有那样做的。如此一来，原来设想的推拉门就无法安装。这是木工的说法。当时工长因为有事提前离开，只有一直与我们联系的业务经理留在现场，他拿着公司提供的两张设计图纸，一张一米八的正视图，一张六十公分的侧视图（但没有立体效果图），与工人理论半天，还是无法沟通一致。最后只好放弃了衣帽间的设计方案，而只制作一米八的衣柜。

衣柜做好后，我们去看了半天，觉得很不理想。摸上去总觉得有尖利的木刺扎手。整体外观笨重、简陋，像个半成品似的，而且总觉得这玩意儿一点儿也不结实。我常常对那用来收口的澳松板产生忧虑，它太单薄了，感觉经不得哪怕是轻轻一触。因为这活儿是装修公司连工带料一起包下来的，我怀疑他们采购了低档产品。使用同样材料制作的鞋柜看起来更为粗糙，拉开抽屉，里面连最基本的基层处理都没有进行。那用木屑、胶水合成的劣质板材让我想到了自己庸俗不堪的现实生活，它们至今仍是阴暗的、低级的、可诟病的，与我的人生大方向完全背离。这些东西不应该出现在我的新房里，而只应该被抛弃在废品收购站。令我感到悲哀的是，它们已经成型了，而且不可替换。数天后，当我再度出现在房间里，所有木家具上已经喷涂了气味刺鼻的木器漆。因为对此缺乏准备，我几乎掩鼻退出。"不是说没什么味吗？是不是用了质量不好的油漆？"油漆工对我的问题不屑一顾。"怎么可能？我们所有的木器活都用这种漆，还没有一家提出异议呢。"见我疑虑难消，又说："过三五天就一点气味都没有了，你完全不用担心。"我说："这怎么能不担心呢，我一直就害怕装修污染，我很不喜欢这些味儿，慢说你这味儿还这么刺鼻。""那怎么办？"油漆工双手一摊，"我刚才跟你说了，我们一直用的就是这种漆，不可能为你破例的。"我气坏了，不再跟他多言。怎么会没有办法呢？我打电话给公司，噼里啪啦说了一通，然后说：

"给我换漆。家里不是还要刷乳胶漆吗？给我换最好的乳胶漆，要无甲醛的。"我已经对装修公司失掉了最基本的信任，以次充好、坑蒙拐骗、口是心非，无所不用其极，我怎么和这些人打上了交道？但现在说这些已经没什么用了，我的所有指责只能使事情雪上加霜。装修公司的人也显然不愿意停留于口舌之争，这次他们对我的要求回应得非常直接："换漆可以，但得加钱。"我说行。于是谈判，加钱，几个来回之后，终于谈定了数目。最后一道工序马上就开始了。

　　于是曙光初现，我们的装修工程很快就要告一段落。我再度做起住新房的美梦。但出乎意料，最后的工作不是紧锣密鼓，而是再度拖延。装修工人三天两头见不到人，我家的房子仍是一个草率的施工现场。工程不是没有进展，而是速度奇慢。我怀疑他们每天中只有半天用来工作，其余时间多数奔波在路上。好几次我给油漆工去电话，他都劝我不要急，而且非常专业地问起我协议中签订的交工时间，一再声称他们肯定准时完工，连一天都不会耽误。既如此，我就不能不通情理地催逼了，但又害怕他们为赶工时而投机取巧。忍耐了几日，我试着联络装修公司，但对改变这种状况不抱幻想。通过木工一节，我已经看出装修公司对这些工人几乎没什么控制力，他们疏松的合作关系对我先前的判断力简直是个巨大的嘲讽。果然，我的控诉毫无意义，他们正在开辟新客户的道路上殚精竭虑。我所听到的说辞与装修工人幸灾乐祸般的解释如出一辙。我觉得尊严扫地，于是威胁说："如果再这样下去，我保证你们在我们这个小区再也发展不到一个新客户。"我的小小心计让他们吃了一惊，鉴于某种崭新的考虑，公司的几个经理级人物轮流出面了,他们虚与委蛇,口蜜腹剑,插科打诨,顾左右而言他。我再也没有心情与这些人周旋了,只能设身处地想象他们的日子也并非那么好过。

好在交工的日子一天天临近,他们马拉松式的装修终于接近尾声。站在面目渐渐清晰起来的装修过的房子里,我仍然抑制不住内心的激动。仅此一点,便让我感到欣慰。看来我的好心情并没有被累日的装修搞垮,那些磕磕绊绊都算不了什么,最令人称奇的是,他们果真就要把我们的房子装修完了。我等着他们说,好了,好了,现在你可以铺木地板了,可以装门,装马桶、淋浴房、热水器、灶台、油烟机了,可以往里搬家具了。我是那么迫不及待,似乎片刻都等不得了。某一日,我正躺在租来的房间里看书,手机响了。"是闫先生吗?"我说是。"我们是某某某家具馆,您于五一期间订购的家具现已到货,您看可以送货了吗?"我茫然地说:"这么快?我的家具到货了?""是的,今天上午刚到,您看什么时候方便?"我忙不迭地说:"什么时候都方便。不,不,不,你们还得稍等几天,因为我这里还有一点收尾工作要做,装修队还没有撤出呢。""好的,那我们随时恭候您的电话。"这下我坐不住了,立马起身跑到我们的新家,装修工人还在慢腾腾地工作。我说:"伙计们,可不可以加快点进度啊,那边送家具的已经在催了。"他们中的一位,从梯子上下来,说:"老闫啊,你这人就是性子急,其实慢工才能出细活呢。"我说:"对对对,这理儿我懂,但你们也得替我考虑对不对,我希望房子早点装修完,那些甲醛啊,苯啊,乙烯啊,可以早点散发,我对这些东西害怕得不得了。"这位仁兄马上反对说:"老闫啊,你

115

被那些谣言吓怕了,其实全是谣言,根据我们的经验,房子装修完晾一周就能住了,多晾也没必要。说一个专业知识老闫你不一定了解,其实一些装修污染并不是短期内可以挥发完的,就说甲醛吧,它的释放周期是十到十五年。十五年,你想啊……"我不想跟他啰唆,散了几根烟就离开了。临出门前,我强调了一下:"记得交工日期,如果超过一天,我会按照协议扣违约金的。"这次没人吭声,但我回头,看到他们脸上,都是嘲讽的表情。

　　油漆涂完后密闭了几天窗户,然后才小范围地开窗通风。然后我就给地板公司打电话,给家具馆打电话,给某某门业公司打电话,给安装洁具的人打电话。随着预订的许多主材料进场、安装完毕,我的心情渐渐安定下来。最难熬的日子终于过去了,这回真该额手称庆。我已经豪爽地与装修公司的人握手言欢,他们很礼貌地从我们的地盘上告辞出去,站在电梯口还不忘与我们挥手作别。两个半月后,我们终于搬进自己的新房,一家人脸上都带着乔迁的喜色,妻子忽然像发现新大陆似的惊叫出声。"怎么了?"我忙问。"瞧,墙上有条裂缝——"妻子已经放下手里的活计,三步并作两步跑到了客厅里靠近飘窗的地方。看我的脸凑近了,她将那条细细长长的裂缝,忧心忡忡地指给我看。

下 编

主观书
记录思想的尘埃

植物学家的女儿们

船长的五六月份

  时间容器盒后来行销海外。船长对我谈到这件事的时候，我们都已到人生的暮年。我不知道他们当初是如何设计出来的，但是我记得每年的五六月份，当我们集体回到舱中休眠的时刻，许多人都会对愚钝之人突然的灵魂出窍心怀疑惑。容器盒对我们有一个特设的中止功能，只要按钮暂停，无论当时我们的处境如何，都一概会与时间的运行剥离。但当时间恢复的时候，那些被无痕衔接的部分看起来总是如此明亮。那时的日子同现在一样，也是灰突突的。船长来自乡下，他并不喜欢海上的月色。因为夜月思乡，会格外消耗他的疼痛。他的居处总是藤蔓缠绕，如同迷宫，让人恍兮惚兮，总有不知今夕何夕之感。我们在每年的五六月份的起点和终点见面，交流各自在世间漂泊十月的观感，甚至交换身份。他的信息处理仪在这两个月中同我的持守是混合的。我有时会在梦境中长长地"苏醒"。我知道，这种与休眠背离的状态对我没什么用处。但说不好，通过梦中观察船长，我有可能会发现他每一次诞生时的秘籍。舱下即是深深的水源。远古的神兽在轻快地飘游，它们随时都会注视到两个静止如磐石的人。但是，幻觉和水流的侵袭却不会改造什么，因为时间的坚壁是既定的，它们尖利的角骨既无法渗透，久而久之，就无法忍受。神兽徘徊的水域周围，有一颗水中小太阳在竟夜不息地照耀着。翩翩作舞的水草是美丽的，它们宁静的叶瓣上书写着独属于它们的静止。我记得愚钝的人灵魂开窍前，总是需要下潜至水域的下方。他们或许比我们休眠的时间更久吧。利用水的浮力冲击自己的身躯，在一片忘形的睡眠的集群中将他们脱离于时间轨道的灵魂打开。很多舱中画师执迷于实践他们的职业理想。他们分脊剥骨地描绘，将那些神奇的涡流记录下来。仓中的五六月因此成为一个复数，它们是隐蔽的存在因此没有被割裂。造就这一切的原始人已经彻底消失了。后来船长同我谈起他们在海外的业绩时会顺便谈到这一幕。"但那并不是真正的失控，秩序总还是有的。"我注视着船长的面孔，每次都在想：他又一次诞生过了。神兽窥伺他但无法取而代之，那些因为想攻克某种空虚而形成的角骨也从来没有发生作用。水下岁月永远是葱茏的，有着使人浑身精湿但却迷恋的感受。时间容器盒被发送出去后，我浮海形成了一个崭新的涟漪。但我一直无法确定的是我真正的出处到底在哪里。船长苍老的声音从深深的水源中传来，我看了看他，时间的形影将他脱胎于神兽的角骨凸显在黎明的光亮之中。他总是有着与我们相逢聚散而无常的负重。

植物学家的女儿们

他先造出她们的芳唇。当明亮的日色凝聚为晨露中的绿意，他开始造就她们的身体。他造出一个梦及另一个梦，在茫茫行旅和抵达的中途，他造出日色、植物和必需的沟渠。他顺着流水的纹路造她们的躯干,直到一切在她们的峰顶聚拢。女儿们芬芳扑鼻,因此他能安心隐居,造他的新绿。他造那些园圃,以他从远古珍兽中发掘的新元素。一切似乎都是这样的:他所造就的女儿们扎根于那种湿润而沉实的泥土,那些形形色色的藤蔓植物守卫着他为她们开拓的疆域。他研究梦境,但一直找不到它的源头。那种纷繁袭扰的早晨也让他有揪心的苦痛。只有观察雨水的时刻他才能与自身的宿命贴合。他欣赏着女儿们的生长过程,他必须安心于他的旧梦。他造那些木头机器,与激情洋溢的水母相遇的时候,他的眉毛胡子已经都白了。一只狸猫跳上墙头,他步履均匀地走向它。植物的生长序次在他的心头循环滚动,他担心猫爪损坏园圃。他不急不躁地驱逐一切外来者。在缓慢流逝的时光中,他一天天地老了。植物的节候、雨水的浓度落在他的心头。女儿们芬芳的笑声有时穿透夜幕而来。在布谷鸟聚集的谷地,他造出自己的园圃,女儿们围绕着他盛开。他浇灌她们的蓓蕾形成日月同辉的花朵。他以他明净的心浇灌她们使她们开成没有阴霾的花朵。

冲击井钻的人

他相信他是打勘能手。在那片田地间,只有他相信他拥有一种自我释放和凭空拔高的伟力。他不端架子,他的门市无人问津。他超越了草木荣枯的规律诞生,也超越了事物本有的规避灰尘的界限。他现在站立的荒原上没有一个他不认识的人。他洞悉他所耳闻目睹的所有人类。他打碎过他们的梦想,以风声覆盖他们的屋瓦,以酣畅淋漓的雨水浇灌他们的身体。他一生中获得过无数的高潮,从来没有经历无妄的等待和梦想。他的鞋子和毛发都是脏的。看到过无数人的衰老，也知道疾病正在侵袭大地，他忽略不得越过禁区的警告，因此他觉得自己是勇敢的！因此他觉得可以有点体会来弥补他不曾完整地经历人生的罪。他没有痛苦和忧伤，也不曾苦尽甘来，不曾有过什么荣耀，也不失眠和羞怯。因此他是原始的，敢于独立荒原，也敢于冲击井钻的人。他不认为依据拓荒守则跑进野地里的人就是对的。他不认为天空的阴晴自有确定的秩序。但他相信在这片土地上，蚁族间的摩擦自有其真理。因此他是一个狮身蚁面人。因此他冲撞过无数沟壑，造就过丘陵，攀上过茫茫雪峰之巅，也与海底的珊瑚结成友朋。在他诞生的流水之间，只有他的沉睡可以覆盖他的面庞，只有他的石枕可以驾驭他的梦境。他的睡与梦都化为骨骼的苦楚排出，因此他的身体自有特殊的凹凸。他挖掘，因此他的力量是无穷的。因此他是唯一的可以埋葬自己的人。因此他是唯一的冲击井钻的人。

铸造青铜剑

火焰嘶嘶地裂开，铸剑师脸色静穆地盯着铸剑炉。他背上的汗珠裂开，整个身体都大幅度地弯曲下来。这是他自己所不察的姿势，具有万分虔诚的梦幻色泽。他居住的简陋屋棚上写满了诸事勿扰的字样，因为他希望把这最后一柄剑铸造成功以至传世，他希望自己可以对自己的命运一览无余地铸造十年。他似乎不吃不喝不睡地盯着铸剑炉，他的汗水涂饰着炉前的黄土。他的屋前五百步的山梁上，鹰在飞起，但自始至终没有扭头看他一眼。他的屋后五千步的河面上，鱼群跃起，像欢乐的史前生物一般在空中闪烁吉祥的银光。他没有丝毫惆怅地从他的铸剑炉前站了起来，抖落身上的汗珠，就像抖落一身迷途似的，步入了险峻的山麓找来他的麋鹿。他将它留在那儿喂养很多年了，此刻，它就像他的最睦好的邻居似的尾随他到来。在他的铸剑炉前，一人一鹿盯着那些嘶嘶的火焰裂开。剑已经近于大成了，只是火焰中的青铜剑色泽变幻，像无常的世事等待他的主人一般嘶嘶地响着。除了这种嘶嘶的声音，整个天地间静极了。麋鹿无声地盯着火焰准备舞蹈。麋鹿无声地盯着他看，像等待他的指令一般欲动未动。他的脸色愈加静穆，汗珠滑落，麋鹿一动未动地盯着他身前炉中的火焰准备舞蹈。是时候了，他喃喃自语着朝炉火走近了一步，麋鹿无声地看着他身上的肌肤被火光照亮了。麋鹿无声地跳起了舞蹈。他感应到了麋鹿步伐杂沓却有情有义的舞蹈，身心一阵放松地朝铸剑炉又走近了几步。炉火的嘶嘶之声喑哑下来，天地间一阵昏暗。他扭头看了一眼麋鹿，然后飞快地将自己的鬓发剪断投入炉中，把自己的衣物除下投入炉中。火焰升高，他的身躯瞬间被淹没了……麋鹿被突兀嘶嘶大响的火焰吞噬，发出一阵尖厉叫声的时分，青铜剑大成了。天地旋转，日月发出静谧而纯远的青铜之光……

景象渐渐展开

我喜欢古老的天光，喜欢远景渐渐被拉近，喜欢那无尽的辽远。我喜欢但不强调在故事之余，有多少弦外意思。因此我的工作只在于强调。那些景象也配合渺小的事物涌现，压迫我的视觉神经，听说书的人说起琉球。我喜欢明媚的光线出来，代替那阴雨绵绵的日子。那肆意出行自由作息的孩子也都招人同情，他们毕竟有羁旅夜伏独自承受的寂寞。我喜欢那高高颈项的天鹅。弯曲的书桌上有我喜欢的、独自承受的静谧（寂寞）。这单独、宁静的！我喜欢但也拒绝这些疾病，它们缓缓展开，从不收拢，匆匆地?！我喜欢那些青草覆盖窗台，装饰材料弥漫，清风微月白雪。你要知道，在你的前方，鼠雀一般的沟谷都在征战未休，那些凹曲凸陷的部分向来都未弥补。你要知道，就是这些景象构成一些弯道，它们在二十年里踟蹰行旅难辨，天光古老惆怅。我习惯那大野无边的绿色波浪线，嘉禾生长，植株丰茂。是那天鹅形的虎豹在那里，你要知道，在彼此交通的洲际，一些狂风骤雨的表里统一，它们一下子穿山越脊离乱，越陌度阡相逢。是那掌灯的人在守候，寂静的岁月图腾，平行的火炬爆响。我们日夜听到的便是这些噼噼啪啪的火焰之声。如果你昼夜颠倒生活，错过那众人聚会时的欢乐，那些只见于你所风闻的景象同样不会局促。那举虎步龙行的梦境色彩斑斓缤纷。你要记得这是在八月，光的巨子打败了温厚的节令带来炽热将近的风声和烈火。你要唱不竭的战歌，摇响那黎明寂静时的长城树木。如果你坐在一辆大客车的前方，起伏不定的路途便尽在你的眼中。跳来跳去的兔子、忽上忽下飞萤般的蝴蝶和蜜蜂都在次第巡回展开，露出天日深沉芬芳明丽。这是在八月之晨，你一定要知道，这是在八月之晨。登山的人都在集中，你提着你的雪花在集中。在那最为高峻的山上，你可极目远眺冰河千里突出，奇峰万座耸立。景象正徐徐展开：你要记得这是在八月之晨，自然的雨水遇风落胎为泥，田埂上的树木结出菱形瓜果……

时间的戈壁滩上

神人愈合之状

天空降低,月色西行。他终究会谈到雨水,果然雨水穿破了云层降下。

淋漓酣畅的雨打湿了我们的梦境。但它淋漓酣畅。我们站在垄亩中埋首,凝视天空的柱子。从此领有谦卑心,问候你们温厚的先祖。

我们多么爱这世间,它广大,静谧,孕育着黎明。

我们多么爱。它那足迹是突出的,充满宁静的寓意。

我想写写神人愈合之状,不写不足以屏息。那努力风华的和那孤苦的,那善良的和罪恶的,都身处此刻。静谧黎明中的醒与不醒。

都身处爱这人间的容颜焕发和憔悴。

都身处语言的磐石和石子路的中心。

但是人迹隐隐。欢欣鼓舞的草木,也有它所爱的祖国。

埋首于人间的花朵,也有它所爱的祖国。

那些草木和花朵,在黎明的静谧中向着时间本有的归路死生。有令我们观之动人的宁静。

天空降低。是那神人共造的城。

是那超越人的巢穴和障碍的城。

是那天空的柱子下充满低声饮泣的城。

那明亮的月色和共此人间的草木，都造就我们的心，洗刷我们的身体，沐浴明静语汇，抵达我们又远离我们，看顾我们又摒弃我们。

那明亮的时间中，有透彻和浑浊之物的尖刺，在一天天地刺疼我们。

司　晨

啊，悲伤艰困有命，是那司晨者的低语。人之困乏，有如天造地设。而你领有未归的密码了吗？

浪游有年，山树绿了有年。而你领有生之安眠的密码了吗？

啊，经过平河坦途和山地险峻的都是你。而你领有秘密地创造爱的密码了吗？

司晨一人分立，世间幻影婆娑。而你领有持节守岁的密码了吗？

不，没有任何密码，一切都毫无瓜葛。而你领有只身东顾或西行的密码了吗？

那思索的日期未定，你尚在踟蹰。而你领有醒神节欲的流波？

而你领有爱仅存于世的密码了吗？

啊，没有爱与死的密码。一切所来有径，是那司晨者的低语。

符 号

它可以分辨黑白颜色，可以警惕你喜欢夸大其词的心。它是对的，带着猎物驰骋。大雷雨降下，在无边的疆场里，它独力建起一座草原。

符号取代句子，它就是一个转折，指向流逝和你的安息。

也有并不绝对之物，指向他双鬓白发。

他在奔跑，与激流般的速度拔河。

符号是一根绳索，它的两端，系着庸俗的日常和烈火。日子乱纷纷的，像病句。它肆意地铺排，寻找前世的遗留和彩烛般的闪光。

那枯黄和嫩绿的梨木都是这样的：它的裂纹的接缝处就有一个焰口；它突出了那一丝白色，就像黑森林中的蘑菇。它羞涩，珍重，完全的婴儿行状。一点世间糟粕味儿都没有。

那白梨木就是这样的：它骑草原上代代相继的白马奔行，俊逸而何曾有困意？它是君子白梨木，化身为高山上万花竞枯荣的璀璨。

白梨木是天地的私产。这样经天纬地的特出之物。

转过街角，有三两行人，他们的面容上浮现白梨木。

当句子向地洞的曲折处延伸，你去吧，去会会那些大人。

打散这一段早晨时光，让钢铁的淤泥也奏鸣和凯歌复来。

这便是你的爱。

加以致敬那些路边花儿。加以站在高山顶上，望五老峰的浮云。加以你日夜操持四十余年，难忘童年夜路下灯光的虚影。

虫蝇嗡鸣，是在那华山地。你的秘密是山洞里的秘密，昨日飘忽，也不过是三五个憨人去了。符号的声色光电加以人力难测天机积成了此世的有限。那白色的、踊跃的积雪在那儿。

我有时会持平复心。有时可以洞察阴晴。有时起落不定。在灰蒙蒙的光里，我有时会看到我的幼年；在童年的梦里，车辆绕道村庄铸造铜像的宁静。

有时，符号的颜色极为难辨，只能以童心判别。

在童年的光里，我创造黄白梨木和深红果子。园圃中有小兽：它们吃我"铸造的果子"。白声且听：它们吃我喜爱和不可复制的梨木果子。

自 传

我最开始写我的自传时年龄幼小，只有这样我才可以诚恳地把握"我"这个字。我那时对万物没有讴歌的意思，我只是体贴和接近那些陌生人世的美。那时，一切都是最新的开拓。街巷是透明的，它发出幽暗的光是后来的事。暮晚时的亮色也不会使我绝望，它带我进入记忆并且反复地绽开是后来的事。

在我的幼年我看到花儿，它们是单纯的花儿。我看到瀑布，它们冲刷掉我们身体中的那些泥胎。我陷在单调的日子里产生不适感是后来的事。那时夜市开放了，三三两两的行人飘浮如鬼魂来到街上。我通过他们骨骼的星辰看到他们的上方是后来的事。狗"汪汪"叫着，打破了黎明时的宁静。

我开始书写。我一天都没有浪费过。我迂曲的幼年从来没有存在。我的幼年向来明净、直接，充满万花锦簇的美。我来

127

到田野里，那些轩敞的高天都是最原始的，有着苍劲和睦邻的味道。

在我的中年，我的自传已经积累成型。厚厚的一大卷。那里充满了我唯一的坦途和愉悦。那些流逝不见的事物也在其中得以存留，尽管我并不认为这是必须的，但它却是唯一的。如今我不可再造。

我的幼年结束后，我离开了故土。此后我的流浪印记就构成了我的自传主体，直到今天我的流浪仍没有结束。直到我返回故土，那些人生灰烬的感觉更浓了。直到故土也再度变得陌生，但它没有新鲜如初的意思。它只是我漂泊途中的一个寂寞驿站。我在中年时的书写充满了成熟期的败笔。

我已经找不回来那些满溢我心的幻觉。

最后我的自传是以更加浓重的痕迹留下来的。最后我的自传是以更加浅薄的方式留下来的。最后我的自传已经没有太多的说服力了但却被谈论。我的书写根深蒂固甚至充满太多的臆断（陈腐的）。最后我的自传是一棵枯木长在那里我有时并不认识它。那些沧桑巨变更动着我的人生（给我的书写添加材料？似乎不是的，它只是更动着我的人生，打破了我的幻觉）。

最后我的人生也会被缩略成简洁的一册，最后我的自传是空白的灰烬。我觉得那些言语是沉默的，但它们有着最初的宁静。最后我的自传只是几行字在地上铭刻。最后我的自传成就自我被浮世的感觉吞噬（进入苍穹）。

最后的事情好荒唐：我看着那些大小路大小城大小人大小白鹅大小铁柱子石狮子大小楼盘大小游戏有着找不到词的幻觉（进

入墓群和浮世)。

——我们第一次相遇是在哪里?

几页纸折薄的荷花。几十个年头匆匆划过。几个鲜嫩瓜果。几十次搬迁。

最后你转去,最后你我都无法形容。

青草被吹出了尘埃界

我抬了一下头,看到楼顶上的瓣瓣青草。像大风中生出绿色河马,这挨挨挤挤向核心进逼的句子。

我数到三十层,不多不少,它正好停在那里。

四十二年后,我路过那些炉畔的火,它炽热的光正好停在那里。

我不可想象大风中的河马,风从何方刮来,而今日天降的雨水又流向何处?

青草被吹出了尘埃界,它停留在清晰如蓝的天之野。

河水中的风声耸动如龙虫,噼噼啪啪的岁月降下十九年前的瑞雪。雨水和雪花的珠泪飘飘,那洒落在泥泞下的珠泪,那不可言喻的风中河马。它们奔腾的蹄足构成你睡眠中的兽。

弯腰射雕的河马,石上隆中的河马,它们在一起一定很快乐。

邂逅于人世,却处处皆是旷野里生长的青草。

月色中攀高,却处处皆是河马。

绿色的,咆哮在寂夜里,青草脉芽中的河马!

椅子传

当一个地名成为曾识，几经重复，一再地加强，因此它有如烙印带动你前行。反复的岁月，一个接一个的场景（分四季轮换）。反复的人事，空出一个江湖，让"如同昨日的幻觉"加固。

人生如何不新鲜呢？你如何不担心？

那些笔直的路像用意念铺就，它让山水决定你的去留。

可以同天地万物肝胆相照，但你仍如人类般幼小。灰尘笼罩你的"椅子"（《椅子传》）。几个婴儿蹦蹦跳跳来到你的面前。那个黑脸娃，他说着普通话。

花圃中央的塑像仍在。只是旧友们散了。

抽烟的老头，替你找到迷魂阵出口的老头，他诱惑你的发声就是"谢谢啊"。

你还未决定吗？你应该决定了。你可以决定了。

写作者抽丝剥茧。那些横卧荒丘的白骨都精于灵魂救赎的神通。

死亡的笔记广大，它散发出古往今来由衷一气的新意。你看见什么烤焦了，不稀奇？这是不一样的椅子。植物奔忙，野兽固定身姿，将嘶吼声凝固。

你看见什么烤焦了，不稀奇？声音纷纷落下。岁岁叶子熙熙攘攘。你打造几把竹椅。你躺在上面。灰尘莫能御外？

那年在南京的山道，热火朝天的夏日骤至。你打造几把初来乍到的椅子。而今，你也并不认识那几把椅子。它们散落人间，被接续者以新布条加固。

除此，人群亦如雷雨——各个吸取几道直线，青云直上，可令巨鹰追溯联翩。

我现在就站在这边。树下，蚯蚓在忙忙碌碌，大象在啃着青草。老牛遛弯，幼犬一蹦三尺高。我现在就站着，走着。躺卧荒丘，却不将白骨存于那里。

不需要几把椅子。也不需要晴雨。伞柄。黑色的。那时候你也是站着。闲着。

你的三月中旬。邑县走过几辆马车。吱呀吱呀的，扰人清梦。

幸亏有那几辆马车扰人清梦。月色盈亏，如此好看。

幸亏你在那把椅子上感觉到了，中宵寒露，遁迹的客人来到村头。他的头像同你相似。绘呀，绘呀。再过三年，你仍能看到那个苍颜乱发头像。

幸亏你及时醒来，驿站的车夫才伫立村头。他带来了遁迹的老虎的消息。你现在就在那边。车影荡起的灰尘。几只南飞的燕子。

你也荡起灰尘，挥手道别，不可细味。

童年，去杨农家

杨农的妈妈煎鸡蛋给杨农吃，熬小米粥给杨农喝，同时允许我们分一杯羹。杨农不好意思吃独食，因此允许我们分一杯羹。

杨农的猫好意思吃独食，因此不情愿分我们一杯羹。

猫没什么话语权，猫只是猫。

我注视着猫的样子，它看起来很乖巧，但它盯着我看使我几乎不好意思起来。它没有催促我离开，没有拿它的猫爪抓我，但它就是眼神冷漠，像在向我下逐客令。在与它的对视中，我尽量使自己不以为意，因为它只是猫。

杨农说，吃吃吃，吃鸡蛋和小米粥。

我说杨农啊，我们先到外面玩儿。杨农啊杨农，你莫要激动，你的猫是狗变的，它通人性。杨农啊杨农，你先吃你的，你莫要管我，你的猫就是狗变的，你莫要管我。杨农你个坏蛋，你竟敢唆使猫来与我们对抗。你的猫是狗变的……杨农我先去外面玩儿。

时间的风长驱直入。

这样的场景反反复复没什么意义。杨农是我的亲亲表弟。他后来娶了"戈壁滩"上王龙家的闺女。杨农你是我的亲亲表弟。弟妹我认识，她不就是"戈壁滩"上王龙的闺女吗？

时光流逝，王龙死了。王龙的坟里住着王龙的骨骼，时光仍在流逝。杨农的猫后来跑到王龙坟地里，变成了他的一个同伴，千日守孤坟无处话凄凉。"戈壁滩"上风大。我们都在时间的"戈壁滩"上。

之后杨农的猫也死了。之后"戈壁滩"上的灌木长高了一些，覆盖了它所在的小小区域。风从遥远的西部吹过来。遥远的西北风啊长驱直入。杨农啊杨农，你后来也老了，两鬓苍苍像是你爹。你娘更老，颤颤巍巍地为你做饭，但你娘一直活着。

活着真好。活着使人震撼。

杨农啊杨农，我经常天不亮就醒了。醒了就再也睡不着。想起我的童年，想起你就住在我旁边。我们后来有多少年不见，再见时你已经变得苍老。可我已经忘记你早年的形象，好像你一出生就是这样了。好像我一见你，你就是这么老。

西北风大，它仍在刮。我们的多少年都被它刮跑了。你总是沉默着不说话。

你好像连一句话都不说。

我不记得你太多事。我忘记了。彼何人斯？

我总是清晨叹息睡不着觉，我不知道你的近况。我们后来老死不相往来。我们大多数人后来老死不相往来。所以不知道有多少人悄悄地走了，像自然界的草木一样故去。这就是人间啊，我们不能将死从中间剖开。

我们不能将寥廓的谈话从中间剖开。具体点说，我们不能将沉默者的独语从中间剖开。我们已经无力将时间交给我们的沉默和寥廓再从中间剖开。

西北风广大，它容纳了上下左右八方云游的客人。

杨农，你就是那个客人，你为什么从始至终都不说一句话啊？

苍古谣

时间的纹丝不动

确实有"睿智而使人痴呆"的说教，它看起来是清晰的，却也是无知的。

我坐在阳光下，沐浴着思想的盛宴。鸟雀没有从我的身旁惊飞，时间的水面纹丝不动……没有一丁点儿"时间过去了"的感觉。我享受着神圣而至上的"时间的纹丝不动"。

我无法准确而完整地看到树叶的凋落，无法准确而完整地看到一颗心的长成。无数年迈的人从我的身边走过去了，携带着他们自身也不可知的回返的意愿……树叶尚未降低它们的命运之感，因此万物复苏依然，毫无悲伤。

北方羊只

大雨沁湿了土地，孤树高悬广漠。我在北方看到的漫坡的羊只——果真只是北方的羊只吗？具有空洞、旷古、生命存真的美？

大风吹动雨珠入耳——横断于山梁上的雨水；令北方羊只却

步的雨水：那些层峦叠嶂的、枯草中的寂静雨水——

果真只是一阵细针密织的雨水？

果真只是令高处不胜其寒的雨水吗？……

"茫茫青山叠翠，人如草木虫鱼"，我站在山梁上，看到远处云雾丛中的北方羊只了。

此处可堪隐居地？最是微末不足道的隐居？最是一年春好处的隐居？最是无人登临、随万物荣枯的隐居？连那些枝叶的脉络都是这样的：新的，古老的，只是俯仰于天地间的隐居。

不必有粒子回声的穹庐，不复有疾驰纵横的奔马，不见有山岳，更毋论一个一个人类不逢的去处。此方山梁只是产出了北方的羊只。

只是产出了空荡荡的天际线。

只是产出了时空的须臾和迎风高歌者的渺小的勇猛。只是产出了梦中惊醒不知四季何为旷古的爱的相思与恨的梦？

我如今看到北方的羊只了，不只看到了它们洁白的毛发生命而且看到了它们绿油油的脊骨，而且看到了北方枯藤老树……断肠的羊只？

毫无波澜的憬悟。惊雨惊风的羊只。天际唯此一梁？常常是如此的一梁产出了羊只。尔是时间密布。尔时羊只漫坡！

某日，大河泛为金色

某日，大河泛为金色。而蔷薇花园的折光都集中在东墙角那里。如此明亮！我走过它外面的街区，仍能感到玄幻而明亮的折光。强大的种子被他们运载到地里，东墙角挖不到它们，也无法埋葬它们。但是因为折光的存在，河流如同一口古钟，它沉闷而悠扬。我们走过街区的外面，广场上人声鼎沸。是谁在那里玩闹？那发声的大人也有他虚无的苦楚。在须臾之中露出胯骨的胖子，是他们的领袖？他一个人走来走去。时间的力量他已经忘记了。东墙角的光现在集中到几束花瓣上，它飞快地成长，集中了妖媚和芳醇。东墙角还曾经生长过数枝梅花，但记得它的人已经不多。现在只有一些无名花朵开放在凡间如虚幻的火。我们颤颤巍巍地前往旅行地，中途遇到了一些露营的人。他们都听说了那次战争。你瞧，他们都听说了。如果日出渡河，而东墙角的光可以升腾而至，那你便不必有任何担心。你起得虽早，但入睡却快。你随时随地都可以挽回你所失去的。是的，随时随地，在古东方的花园里，你左擎苍，右牵黄，心神奔突，肢体伸展。你还需要命令一只乌鸦返回它简陋的巢穴吗？独处无所长，我们要愤而离地。

月　光

万事万物匍匐下来。水涨满了所来之径，许多庄稼都被淹没了。许多头颅都沉浸在水中，被淹没了。路边的村庄中弥漫着古老的悲声，很快，连这种悲声都被淹没了。残垣断壁上站着来人。"这里的事物被洪水冲刷了多久？这里的事物匍匐了多久？人老去和死亡需要多久？"他们的面孔生疏，像来自遥远的月光中。他们驻扎在不远处的山上，观望着山梁上盘桓来去的动物。那些伺机抢掠的豺狼看起来真是使人厌憎。梧桐树的叶子已经变黄了，猫狗衰迈了，村庄和万物的叶子也都变黄了。豺狼饥饿和老去的速度同样快，因此它们匍匐在地上。它们观察着亘古如新的月光，仿佛观察着一个老死而复苏的村庄。月光太亮了，笼罩着整个夜晚，那种虎啸龙吟的错觉弥漫在空荡荡的夜晚。村庄像一截慢慢长大的桩子立在那里。老人们崎岖的亡魂路过村庄，像废墟上陡立一片朦胧的疆场。老人们死去的亡魂攀登村庄的月光，哪里就没有他们拾级而上的梯级呢？豺狼仍然在不远的山上窥伺，它们一动不动地盯着自村庄上空盘旋而来的浓云，它们的所在布满了丘陵般的荆棘。所有豺狼目光中的荆棘都积聚起来……村野的道路上，跳跃着那种粗野的、蛮横的、为劫掠而来的荆棘。老人们站立着睡去，任凭自己在风雨中攀上天梯。哪里就有他们不可葬身的梦境呢？万事万物匍匐下来。水涨满了所来之径，许多庄稼都被淹没了……

祖　父

自从祖父诞生，他们的家族驾驭时间的方式就变了。以前是用一支细细长长的箭，现在则改用漏斗。时间的功效大体就是使人和事物老死，但漏斗丈量不出它的尺幅，细箭的作用也微乎其微。以前，尚未有祖父在时，他们出门进门都要看一眼那支箭，他们存活的概率取决于箭的锈蚀程度。他们存活的时间长度也与箭存在时带给人的扎痛相关。这是整个家族的秘密，只要是细箭酝酿的睡意都是朦胧的——只要是细箭挂在门廊上，他们就不必四处奔走。关注这个庭院的人都知道他们的内心里有尖利的事物高高悬挂。但是祖父诞生，他迷茫于庭院的衰败、时间的幽深而造出了一只漏斗。漏斗是没有什么大用的。除了众人相视而叹的夜晚它会发出暗光,其余的时刻都是不存在的。漏斗可能是死亡的。与祖父漫长而漂泊于村庄的一生类似,它的每一个局部都寂静而空阔,从来没有笼罩于任何夜色下的事物。漏斗计时开始时总是无人在场,它从来没有发出锋锐之声,也不对任何寂静的容器加以更新。它只是酝酿了一种滴水般的宁静。祖父蹲坐在庭院的深处,草木和众多衰败的花束环绕着他。他曾经蹲坐在庭院的深处,看着一棵大树从幼苗长大并渐渐弯折。萎草记下了大树的凋零并埋葬了祖父的一生。他造出了漏斗的故事村人们闻所未闻。只是月色涂黑了天空的夜晚,整个村落都有一支细细长长的箭在嗡嗡作声!整个村落的人都在大地的低空处恍惚地入梦。阅览过树木年轮的祖父在亲手洗自己的衣服。他用漏斗死亡的方式计时。村人们眼睁睁地看着他和漏斗同在消逝。时间的微力没有抓住他的身形,只有寂静如愿地深入了这片腹地。但随着遗忘的夕阳绽开,一切都变成了碎屑。他觉得自己便是那支细细长长的箭。他飞奔入云的时分,黄土上滚落一团团云雾。默默地,听凭落入夕阳的海面追随着花团的是他,后来注视着花团萎靡的也是他。他没有走过河岸,但是时间是存在的。现在说起这些已经没有什么意义了,但是漏斗无形,它向来就是那枚铁钉。

先　王

　　我觉得我最终也没有理解先王。这对我来说,是个始终不能原谅的过错。我不仅没有理解先王的思想,而且最终也没有成为先王的臂膀。因为我的迟钝,他最终只能选择孤零零地离世。那些陪伴他到终点的鸟雀看到了他使劲吞咽的一幕。他的面孔中的沧桑之感令麻木不仁的鸟雀第一次充满了人所不解的悲伤。先王对鸟雀曾有的恩宠已经烟消云散，现在，他的棺椁也已经朽坏了。在先王曾经存在的世上，鸟雀也已经亡故了好几代。但是它们的记忆传承下来。它们都能够准确地找到先王的墓葬，并且绕树三匝，哀鸣悲号着离去。我每次去见先王都会与它们相逢。它们是我唯一觉得先王没有故世的见证。因为它们的悲伤在日渐黯淡的空气中每每激起回鸣，我因此盘桓在先王的墓地越来越久。我与它们的相逢使先王的墓地周遭的树木长势茂密，我知道，居住在这样的地下城中，先王的孤独是永恒的。因为树木的长势愈旺，愈加显示出人间的喧嚣和空气的稠密。我目视先王的时候清风拂过山岗，草丛间的飞萤一点一点地涨大，大如星颗。这不是任何时代之赐，但我仍然感到了我与先王的接近。在未来，在那些恬然地等待死亡降临的夜晚，我听到了浩大的秋风拂过山岗，墓地中的先王一天一天地大如山峦。但我仍然没有变成那些草木鱼虫鸟雀走兽陪伴先王。他临终时孤寂而逝的怆然之感，日复一日地盘桓在我的心上。

烟云与露珠

我第一次越过河界去往大陆的时候就是孤身一人。那时候，稍微有点儿门路的人都搭船走了。天空阴沉沉的，压在河面上，偶尔从浓云中射出的一丝光线照耀着我的鼻梁。我必须利用我的全身之力才能浮动在水面上。因为河中密布了怪异的入侵者，它们眼睁睁地盯着水面之上的夜晚来临，好把月色造作的烟云吞入腹中。我是不受这些入侵者喜欢的前人的遗产，既没有随同族人登陆离岸，又没有和这些入侵者同流合污，所以，无论在哪个团体中，我都是缺席的。随着光阴的推迟，整个水面已经变得灰蒙蒙的，我是非走不可了——否则，我很可能会丧命于一个疏于防范的时刻。入侵者的胃口昭然若揭，它们盯着我看了很久，我估计我全身的每一块血肉都已经被他们在想象中咀嚼过了。生死小于天，我虽然没什么好担心的，但是眼看着我的家园变得灰蒙蒙的，我死后的一切已经无法澄明如露珠了——我心中仍然不是滋味。于是，我孤身一人离开了这片水域。我睡得不够充足，我的肌肤可能已开始发臭，我不知道大陆上的气候如何，或许我一登陆就死了——但是，滞留不动又有什么意义呢？现在……我已经在回忆中了。我脑海中似乎有无数的河流纠缠不休。我离开了它（们）的时候就忘却前事，我不知道我曾经生活的水域位于何方。我一离开河界就看到陆地上远远竖起的城防的明珠。它们是我后来日夜回顾的灯盏。我可能从始至终就是在陆地上栖息的。尽管，我全身的骨肉都在旱化、干裂，肌肤上的皮也蜕了几层，但我仍然在陆地上活了下来。我在草木中居停……这样的日子我已经过了五年……那些我再也没有找到的河流现在看起来分布在宇宙的四方。我在草木中翩翩起舞的时候，我在突兀的岩石上举头望月的时候，我陷入沉思而不入同类耳目的时候，很多河流上都飞动着那些萤火之光的微虫。它们代表我曾经见识的人群进据这个星球。河流中隐藏的秘密随着它们一次次的消亡被埋没地底，而沧海的声浪翻卷来去……我有些累了，在夜月的压迫中沉入草木睡去。雷霆隐隐，它们都打不破我心中的宁静。

珍珠手环

我似乎已经过了渡河的桥。我挪动脚步在我所在的此处。黎明的风声与别处一样,也与我的爱等同。如果我的梦就止于山巅的寂静,那我的未来与我的此刻都不会悬浮。我对于寂静和悬浮的概念是颠倒的。我对于未来和此刻的概念是颠倒的。但是没有人回应的天空也并非只是神的居所。它空空荡荡的。在并无一只鸟儿飞过的阴雨的天空,我已经盘旋而上的心也是空空荡荡的。每个梦境其实都有山巅,但它多皱的思维的曲折却不可栖止。它终究得离开,它到哪里去呢?

我购买过一切我所祈愿的事物。我以我卑微而虔诚的心挽回它们的伤悲。我购买过一切我虚妄的热情。在渐渐冷静下来的早晨,我路过那个异域的城。我从未去过那里,但我总是路过。它苦涩的墙头长满了枯萎的禾木。如果是春三月天气返晴,我还能与我逃脱了危险和趋避的梦一同前往祭奠,并种下自己梦寐的种子。我启用我的日常岁月并将它置于上个年度的融雪。我觉得我没有返回。我只是时刻都在命运的左边。我时刻能看见那些融雪。它与我的约期不变。

但是我最珍贵的清澈的物在哪里?我已经不能完整地取回我的病症。我有时会感到身体局部的疼痛。我有时举步维艰。有时,我会悲悯地注视你。我从未修饰。无论时间是什么,我都知道在它最沉默的钟鼓中有太多负重的生命诞生。我们现在就到那里了。五月以它遥想的力度回过头来环视我们。我们现在就在祖国的边疆。那无处不在的流寓也是珍珠。我们在外面但没有真正地离开故土的感觉。我们的故土有时也与异域的陌生交错难分。

在这个季节里一定有太多的珍珠手环。它拘紧你的力量始终是不变的。有时我们养育它是为了缓解心头的疼痛。有时泥土里也会露出一种蓬勃的时间的行踪。有时我们就耽于这种没有分止的错误。它的存蓄和太多的孕育珍珠的环境是不可辨析的。但是越来越多的人去发掘珍珠。埋葬他们的,是奋发的世间越来越陌生的身怀异禀的人。

村　落

的确,融雪机需要两个人来扛;这期间,如果其中一人病倒,就一定得有替补者及时地跟进,否则,雪白的世界会变得更加空旷。时间凝固的事实之所以没有发生,是因为总有勇敢者在履行他们融雪的责任。但与此同时,神明周围,又总是围绕着盘剥他们、等待他们喂养的人群。从古至今,我们都这样冷漠地观察着,并受到了同类的注视和告诫。因为天地间早已变得饥渴难耐,而大雪倾覆的时辰"还早得很哪",所以,当迂缓的事物长出雪白的叶芽,我们也并没有认为那是雪灾在加重了。但天色温煦,并没有一点沦落的迹象。时间照例总是阔大无比。扛着融雪机的人遍布四方,以最匀速的爱来对抗新出的雪白的叶芽。大雪在村庄的边缘根深蒂固地加厚,如果我们不去走动,会使自己更加像一只只冬眠的动物。我们活动的半径越来越小,相对于宇宙性的开拓,这里受上天饲养的人群却越来越变得萎缩。

的确,融雪机需要两个人来扛;这期间,如果其中一人病倒，就一定得有替补者及时地跟进，否则，雪白的世界会变得更加空旷。大雪的厚度始终被控制在一个适当的海拔线上。但是，星球之寒预言了一些泯灭的事物，并且拉动着整个冰原从低到高地滑行。那低处的烈焰被抽空了，无数的沼泽变得坚硬和白茫茫的。我们沉睡的正午，整个村落都是荒寂的。那静静的雪泊冻结了一年一度的鸟鸣，因为风也是凝滞的，所以，它们不会吹刮到人的脸上。细小的雪中沙砾就是怜悯的意思。我们基于这种存在而没有离开。那些冒雪生长的枝杈也是凛洌的。扛着融雪机的人有时路过我们的身边，他们身带苦辛，一路宁静地高歌。在我们这里，只有他们知道白雪的时间的颜色，因此除了融雪的顾盼，已经再没有别的。因此除了树木的根茎上的冰凌，我们的灵魂已经不再履新。

院　落

他砌了最后几块砖，使他的院落最后成形。在此之前，一切都乱得不成样子。院子多小啊，如果不是他及时发现了这一点，他相信院子还会继续小下去，直至小到无形。他没有等来援军，也看不到日光起落时的金黄色。他相信就是为了达成这样无视日光升落的目标，他才搭建了这所院子。在村庄的外围，他是孤零零的建筑师。他的院子左侧便是悬崖，院子外面也有孤零零的荒草，如果他夜游出门，也有一番好走。他有时会看到旅人夜渡，从悬崖的底部上升，变成荒草孤坟中的一颗星星。灰突突的夜色中，有时也会看到他夜渡离梦，从院子的上空降落，变成一个羁旅于故土的游子。荒草识别旧物，流寓边关，潺湲如一场徐迂大戏。

何处？何物？他砌筑院落的样子和鸟儿筑巢相似，他们都没有株瓣的辉煌，但同有一日两瞩目的感光。

我们村的历史

用了九九八十一个月，我们在山上建了一个大村。大桥、小桥落成未久，我们请来月神为我们命名。我们瞻仰过她的姿容。我们的村庄因此被命名为附近九九八十一个乡村中唯一的一个大村。月神住在附近的山上未久，我们一点一点地开垦了村庄的土地，为她种下月中的桂树。这是我们村有史以来的第一棵桂树。以后桂树越来越多，但月神的宫殿再未落成。月神不是我们的旧人，也不是一个过路的客僧。我们村累村之福只那回见过一次月神，她为我们命名——春去秋来，使我们获得一个大村人应有的尊崇。岁月的荣枯没有在我们村留下痕迹，我们将熄灭的灯火重新燃过——大村人上上下下都意会错了，原来我们已将灯火重新燃过。如此，大村的历史便是一盏灯明暗的轮回，我们在夜色倾下的这边，可以看到月宫里澄澈、静止的蓝天。

迷宫动物园

疆 域

那擎天的柱子在白色瓷器城的边缘生长，万物被透明地照彻。那些游走的鼠类渐渐停止了生育，它们看到的擎天的柱子可以折射一切被它们所忽略的行为。那小蛇也有明敏的视觉，被擎天的柱子照彻。它们再也无法隐身于任何事物背后。整个城池贯通了天空，那红彤彤的火焰透明的纹理都在万物的注视中绽开。从某个局部的窗口望去，洒水车的箱体透明而有芬芳，它们被某种广大的润湿之物照彻。因为一切打开的物体无法合拢，所以风像瀑布一般四处垂挂下来。那崩裂的山峰也是透明的，只要朝它注目，就能看到化石之骨诞出一丝丝虬结纷扰的根部线条。我们的行走和栖息都完全没有隐秘，是透明的。天空的疆域包含那透明生长的垄亩，万物之重使一切倒影类如色泽虚无的繁星。雨水和泥泞也都是透明的，只是为了便于区分，那造物者将它们各自的凝结悬挂在柱子涂饰的最上端。最初的时候，在擎天的柱子周围，漂浮着情愿不死的生物，但随着透明之日的增长，这样的生物已经越来越少。通透的疆域因而渐渐增广，柱子变得消薄，渐渐趋向宁静和空旷。在一切注视都消失的那天，白色的大城揭开了它隆重的回声嘹亮的疆域。无际的环型堡垒都消失了，风像瀑布一般涌来。那划分出天地之形的手臂现在看起来也像一个虚影。我们的所在后来一直是透明的。那在无知觉中滋生的小小幻虫从一个未知的端口攀爬上来，风像瀑布涌动，将它冲向透明天空中云霓的深处。整个疆域里的风涌动，将一切悬浮的尘土吹向天空中云霓的深处。此刻潇潇雨歇，白色的飞扬的宁静弥漫在整个疆域里透明的云霓的深处。

所有末世的网

我盗取名马，在那些暗夜里，只有它们能不发一声，缄默而高傲地穿过沼泽。我不存在，但马却是具体的，带着汗血气味的名马，它们不仅比时间具体，比山岳具体，而且比一曲歌谣具体。我曾经在虚空中长途驱驰三千里，去追逐、猎取一匹名马。我带着佣人的头颅、国王的圣殿、高脚杯的模型、魔鬼人的心机，去追逐一匹名马。沼泽上空，不只鹰在疾飞，翼龙在奔，而且还有一些魔鬼人的鬼魂刺破了空气。我能听到空气中抖动的疾风。在我的不存在的坐骑上面，云集了皇帝的羽毛、三万里江山图幅、美人的旗袍和一个侏儒的咆哮。在整个人类存在的末世，山峰平寂，树木枯索，寒冷的事物一层一层地沿河盘剥。所有人的愤怒、墓地、魔鬼，都已经被荡平了。所有的尘灰结网成阵，但是真没有意义啊……我去盗取名马，路过我不存在的冢骨上面。我去盗取一种可以驮着我以光束回退的马。退回到母腹、祖先、原始人、细胞核、星球大裂变的原点。退回到原本不存在的时间的暗部。退回到无马、无我存在的时代里。我从云层中看不到地面的灰尘，看不到笼中的浓雾，看不到飞行和鹰影，一切都是空谈中的斗士、实心年馍中的虚幻种子。我把我们人类的五官留在原本不存在的空气中，马声嘶嘶，低于应命而生而亡的蜘蛛。它们在忙忙碌碌地遮蔽着江山。三万里图幅覆盖了我们的墓地沟壑，我无视着浴室中的我、草木的我。我乐得勾画一切虚幻的我。我本来无视我。那名马本来未知之我。

你为自己制了一袭透蓝的宝衣

宇宙太古老了，地球太古老了。或曰"古老"二字，不足以语此？是的，是的，"古老"二字，只是我们牙牙学语以来的近邻。周秦之时，距今不就是昨日吗？周秦之地，距今也只是须臾。天地间"如此空阔之蓝"。你为自己制了一袭透蓝的宝衣。你书写的句子像是书写的苦役，你的气息不就是周秦于今须臾间、毫发间的陈腐吗？但它们发出陈腐的芬芳。你拘禁了你的旷远之地、永恒之死地、士为知己者发出的欢快的笑靥。你为自己制了一袭透蓝的宝衣。我头一次觉得需要单独地、反复地读下去。读你的陈腐的味觉的芬芳。读周秦汉唐。不，汉唐不就是我们须臾间的晨曦吗？天地间"如此空阔之蓝"。你是一个坚强的庸人，还是一个脆弱之至的神圣？你为自己制了一袭神圣的宝衣。我在透蓝的空中高处呼吸这白云。千万里幽游之地，千万里透蓝而飘摇的宝衣。你既已将自我的残躯投地而亡，这白云、天际，不就是你的须臾吗？在"古老"的、永恒的死亡面前，你为自己制了一袭永恒的须臾的宝衣。我们从那陈腐的晨曦的字里行间,看到了你竭力制衡自我之悲怆之运命的灿烂而芬芳的宝衣。

烟　火

　　具体而细微的驴长在背上。似乎只有具体而细微的驴才长在背上。似乎只有长在背上的、贴肤的驴才是具体、真实而细微的。似乎只有这样的驴才是生活本身的发育,而其余的都不作数。似乎生活就是这样,必须目睹具体的发育和流逝,而其余的都不作数。超越生活本身的驴是不存在的,它的吼叫和站立都是虚妄。似乎只有这样的驴,而没有其他任何事物可以使之超越。似乎生活就是这个大的巢穴,它划分为千万广厦使人间具体入微地存在。看不见的树巢与我们是没有关系的,任何鸟儿都不会飞越,多少疯人院的白雪都没有降落。似乎只有这样的鸟儿才是我们的亲好,它住在我们看得见的树顶,它孕育我们看得见的婴儿,它飞翔在我们看得见的天空,它生死离别于我们看得见的区域。它不经我们塑造,但与我们的激情共振。它是我们人间的兽。它交换空中的露珠和朝阳。似乎只有这样的烟火才能震慑和激励我们,余外的窗口洞明与我们无甚关联。似乎只有这样的鸟儿才值得我们宝贵和珍爱。那午夜的光辉曲似乎是人间的驴马猫犬的合唱,鸟儿盘旋在家中树上,似乎只有它们才懂得这崇高的旋律。我们似乎只能依赖这些简单而萧瑟的事物存在,至于那鸟巢之上的奇景,它们似乎是鸟王造出来的。它们似乎是我们看不见的、不值得珍惜和顾盼不及的大象造出来的。大象盘腿的样子影影绰绰地存在,但我们时时忘记,我们从未接近,大象离我们何其遥远，我们只在大象之山的背面居住。烟火不朽，它似乎是鸟王遗落在我们这里的株瓣。它似乎是阿蒙阿能的群象越谷上山后交给我们的胞裔样的株瓣。

青　蛇

我观察她的表象。她确实妖娆多姿。她的出口无多，或许因为妖娆和愚钝，她始终迷恋她剪掉的辫子。她的根本性的企图是回到那古老的大荒山中去，但是世路多歧，而且沿途多暴风，总在阻挠她的行程。她星星点点地跟踪了几个旧人，利用他们熟悉的迷途地理，猎获过几只羔羊。我观察那青蛇，她与其祖母相似，都是青棱直柱，但确实妖娆多姿。她在黄昏时变形象和颜色，整体上看，她还得面对一日间一更换的伤感。在大厦的顶端，她盘旋了一个昼夜，才看清那凛然峰峦。

她是我们那个时代罕见的青蛇，因为更多时间的消逝剥夺了她的支柱，因此她还是我们那个时代罕见的命运的幼虫。她迷惑过路的客僧。她独身睡过的那些篝火掩映的山洞，整个夜间冒出红彤彤的歌谣火焰。她的纹章随身携带，因此没有能真正掩饰她的光芒的夜晚，她的红彤彤的身躯的黄金色总是随身携带。她是一只不知道自己名字的幼虫。我观察她的表象，在大荒田野间，我不知道她活了多久，但她青涩的脸庞始终没有发胖。在那些夜半更深时分，她矗立于天涯的最高处。她确实妖娆多姿。因为迷恋她剪掉的辫子，她还申请进入宫廷，打开柜门，寻找旧日线索，为自己变出一个超时更新的法术。她是有恒心的，但不受任何督促和鞭挞的青蛇。她的法术后来如影随形，纠缠她太久，直到她的自我辨别开始使她陷进深深的疑惑。她常常睡着不思醒复，她常常独语乡愁但找不到通往大荒山的任何一个入口。她利用她身形固定不变的法术来遏制她的心头妄念。但她确实徒有其表，妖娆如一类青蛇。她的根本性企图不见得能改变她的疑惑，拉动她日渐僵滞的身形。

或许因为愚钝和妖娆，后来她不见了。逸出我的观察，或许独立于一幢飞楼的暗部。化身一个婴童，重新走一趟人世之路。我知道无论怎样，她都足可体会世间艰难。如此一来，青蛇循环往复，不仅悬棺于寨外，而且迫情于寨内。没有缰绳，谁也无法束缚她的法术。她一再地潜入子母河中觅渡。但她的意思何处？天下尘埃茫茫笼罩，她以洁身之好向大荒山中遁逃。

牛马走

再往前走数十百步，可以经过一座高大的、遮天蔽日的关隘。但是路人们皆经过了长途跋涉，所以到了关隘之下时并不会仰首，而常是扭头回顾。回顾所有已经行过的步道、看到的星火，顺便正视最近的原野上冉冉升腾的春光。抑制这种回头的本能是没有用的，因为蛊惑出自上苍的救赎之心，你只有乖乖地被吸引，才能离天空和月色更近一些。是的，天空之城是他们的终途。他们为了抵达那里，对任何妨碍自我心智的事都不会分神丝毫。岂敢被高大的门楼、近在咫尺的压迫再揭示出一点点热烈的悬疑？他们亦步亦趋地走着，岂敢丝毫地为物喜，为己悲？长途中的梦幻之色就这样一天天地变短了，那炙热的事物也正在溃退和缩减。牛马成群地奔波在原野之上，在他们的回顾中联翩疾驰，要来越过这阻挡它们行远的关隘。再往前走数十百步，就是幽怅和放浪的另一世界了。伫立在墙根下时，他们的心态是奇异的。因为牛马衔接，土地嫩黄，空虚也在一点点地逼近……他们之中无人谈论每一个被他们所畏惧的事实。夕阳已经莅临，光明和黑暗交替出现，他们之中无人谈论下一个谁生谁死如牛马被封冻的残躯之事实！

星星环抱着世界

星星环抱着世界，我环抱着你，钢铁环抱着泥土。最后，你瘦成了病人。你直接死去，并不出声。你的道路既平坦，又崎岖。你的时间既直接率性，又弯曲。我为什么不能意会，尽管秋色浩茫，"我试了试"，我时刻都在理解你。你为什么不是尽情地活着，连落叶的抉择都觉得烦琐？你为什么还在故乡的呼吸中化身风景，让隐秘的事物构成你，苛酷地压沉你？世界待你如一物，你注视着修葺的挽歌？那些颜色重的造物，它们也是造化的主人，没有忧愁的病人。长天极一生之远近，你极未来、过去和秦楚之声。东土高远，你还记得多少个小小部落、小小世界？你不饿，不困，能在夜色中徒步回首，望萧瑟之浮尘。你不要再这样逗留了。你不要贪恋那黑色的酒。你的隔阂救了你。你的忘却埋葬你。你白发须首深沉，夜幕葱茏成就……那些湖畔的山山水水、嫩黄的枝条、误食的植株、金属的质地，一个个浓荫匝地，一个个灿烂无比……一个个绽开，一个个笑脱！

披斗篷的人

披斗篷的人现在站在村口。黑黝黝的村落，在阴雨中存在上千年了。最初是几个远行客在此搭屋居住，后来发展羽翼，建立家族，娶妻生子，终于使黑丝线一般的岁月在此稍作停滞。现在站在村口的人的心中是感到压抑的，一直如此，从未更改。因为阴雨绵绵的气息已经贯通千年。因为湿漉漉的土地一直如此。露珠已经从清亮的透明色变得青灰沉重，现在站在村口的人一直等待，尽管水汽氤氲，无人相迎，但在时间的深处，这些事物的曲折转圜都是一样的。沉迷于雕刻的师长已经老迈，他们在阴雨中垂首，硕大的头颅一天比一天变得沉重。雕刻马嘴的人也变得老迈，他身上也长出鬃毛来了。他的腿也在变得坚硬和弯曲，他的脚掌也形似那奔跑的烈马。平常岁月接纳他，向他传授阴雨的神谕。他的马脸变得多皱。额纹突出的五月一晃而过，现在他站在五月雪峰下的村口。披着斗篷，啃着岁月的骨头。他埋葬过一只虎。对于天气是否会转晴，他一直是存疑的。雕刻师没有见到过真正的太阳，因此他在劳作中揣摩那彤日之形。这都没有什么。老人们的心中也长出马鬃，这是无碍的。现在站在村口的人带着魔咒，他一直在制止自己孤身闯进村的冲动。那里堆积着牧场的高山、从前的物语、妖娆的镜子。他一直在制止自己。但是直到烈马成形，天色也未变幻。他一直望着湿漉漉的远方，心中也长出沧桑无尽的马鬃来了……

恳谈录

午休即起

"您午间的休息时间如此短暂!"

"是的,二十多年了,一向如此,我的午休微小但深入,不需要知识分子化,没有逻辑性。只是睡眠而已。我已经睡醒,可以沉思,但什么也不谈论。"

"也不游走于天地,不写文章记事?"

"要游走。要勒石。在地面上留下巨大的背影。但是岁月中的你我飘浮着,已经渺然不见影踪。在睡前想起无数小流行……二十多年,'睡前',就这样过去了。父老,母衰。就这样过去了。"

"应当置身广袤荒野间,幕天席地,方可知春未至,春已归。北部环堵萧然。唯江南草草,风情别样。何不至江南?"

"是的,我最爱春天,最爱江南。梦虫故事,不值顾盼,休言利弊,不急,不缓。就是短暂的午休。醒来仍觉怅然。如是二十余年。君与我相别,二十余年矣……"

精神的赛马

我们的生活没有无限扩张，而是正在经历着各种压缩。时间的压缩，使精神变得微小、迅捷，像慌张的猎豹奔跑过岩石裸呈的荒原。空间的压缩，使世界变成了一个看起来沟壑纵深的滑稽平面。上苍正在以它无声的合击的大力抹平事物间的粗粝的肌理，将我们归于明媚阳光下的短暂限定，使悬崖间的裂隙也恢复其柔软孤寂的本性。我们正在经历的这些时刻像是向阳的流云，它有着绚烂而夺目的荒凉的光亮。它有着令我们精神振奋的赛事莅临般的巨力，我们正在取法于它的日渐踊跃的时刻，"那些显现在鲜艳花圃前的庞大身影"。我们正在伪造我们的世界在无限胀大的事实。我们迷恋于一种精神的赛马但并未实施。整个星球正在被压缩，变得无穷小，像显微镜下的微生物。我们正在变成精神的赛马，狂飙突进于无人的原野？时间正遍布于天地之间，被缩小成连绵一线，我们正在经历的灵魂胀裂类似于蚁群奔忙的一刻？我们正在爱痛交加、不可遏制地经历着自我身体内部精神的赛马！

回　声

在敞着的窗子那里，我看到你。多少年世事飘摇，你一直在那里。走远了的只是那些流萤，但你的火焰茁壮。初次看到你的时候在高高的楼顶，窗子同样敞开。浮云悬挂在空阔之处，看似并不着形，也不着力。我们缄默无声。饥饿的漏斗声穿透云层，从动荡的街头落下。在窗子那里，戏剧开始上演了。欢乐的吟诵洞彻了你的肺腑。我知道你的悲欣。但落叶松的叶子变黄的时候，窗子那里已经阒寂无声。我写了几个字在你曾经伫立的画幅上面。你看看那些云层多好啊，袅娜的更鼓声混合着炊烟升上去了；你亲耳聆听的那些云层多好啊。房子里的气味大极了，当这里变得空荡十分，那些不知所云的气味会更加飘忽、浓重。如亘古的旧物件。活着而能记忆这些多好啊。你不用过意不去。我时时刻刻都知道你曾经站在那里。晓星夜月，你别无蹉跎之处。你也别无风声。只是当这里的一切被翻过了一页，骏马奔袭，草木凋枯，我才在你露宿的时空中刻了一块石头。睡在赤裸大地上的，就是你啊。我记得起初日出红似火，而你在高高的窗子下，容颜如故。我呼唤过你的名字，你没有应声。现在我不再呼唤你了。那里一座钟楼上，铭刻着你最早的名字。我记忆中最明晰无谬的，就是你的名字。

本　能

我时常被一种恐惧所淹没。不，我不能轻信我这样的生活为更多的人所拥有，但事实证明，我得到的这一种体验并不新奇。在人群聚集的房间里，我暗暗地勘探，想要找到某一种同类。但时间纷飞，我只看到了一些浮动的面影。我感受着如此之深的藏匿。

是的，我还看到了众生的喧嚣。置身于人众，那种恐惧暂时被屏蔽。在午夜的大街，如果同行的并不止一个人，那种寂静也不会带来更深的绝望。我想起了许多往事，它们像影片中倏忽而过的叶片或者风声。爱情，或许等同于往事？

不，岁月的背景轮廓远比这所有的一切都含混。

我有许多次萌生倾谈的愿望，但源于一种莫名的骄矜和自我放弃，我被迫地退回到了自己的本能。我有时在夜里看到沉默之中的自己。当某一种声响把这种沉默打破，我站起身来翻书或者走到窗口，眺望远处的青山。那深远的黑暗看起来如此黯淡。

我在这样的日子里并没有感到幸福。当然我在长时间的忙碌之后极度需要这些。我找啊找，终于在艰苦的追寻之中向自己敞开心扉。这多么滑稽。我有一种预感，我将在对自我的审察中走得更深。但偶尔，我还是想要放弃。十年或者更久，我都在做这一件事。

不，我甚至已经看到了自己的一生。那些浮华的杂质我也喜欢，有时沉浸于某一种氛围，看周围人喜笑颜开，我会怀疑自己为什么要去独处。至于宁静，我愿意把它赠送某一类人。在内心顽强的抵抗之下，我看到另一个自己悄悄地从母体中分离。

秋深了。我在屋子里走来走去，想许多匆匆走散的人。迄今我仍找不到那个大世界，它离我多么远啊。当喧嚣退场，我被置于一个两难的境地。如果是单身时期，我会聆听到某种声音，丝丝缕缕的，令人窒息。这好像是整个世界留给我的遗产。我始终有一种破坏的欲望。

在很小的时候，我曾经仰望星穹。那空旷的高远之处？我想不到它的样子。当周围的同伴悄然离去，我感到了那种绝对的寂静。狗吠此起彼落。但我的听觉把它过滤了。我对这种虚拟的时刻记忆犹新。

我常常会想象地球上只剩下一个人时，那种难以言喻的场景。在成人后的世界里，我断断续续地经历着这样的思考的时刻。生活的碎片在无人处翻滚着。我穷尽心力，想要捕捉到某种欢娱，但是很难。有什么事物可以被同化、合并，成为一种新的晶体？

迄今我仍不知道。但我知道，生命的崭新一页时常被揭开。我有一种清除自己的罪恶般的冲动。当恒久的定律被打破，我希望曾经的限定不成为障碍。我醒过来了。今天下午，我睡了三个半小时，这大概是最近半年来最酣畅的一次午睡。我听到窗外的微风轻吹。

我怀疑我在午睡中做梦。这是另一种追逐。不，我的恐惧并没有消失。当我可以静下心来，仔细地看它时，我觉得我离自己的本能更近了。在我就餐的时候，我还在咀嚼这一句话，而妻子和儿子，他们观察着我，一个他们最熟悉不过的陌生人。

陌生人眼中的海

我很少到海边。一直以来，在贫瘠的生活深处睡眠，幻想与梦境独存于现实的高天之外，我认为那就是陌生人眼中的海。整个高天是海洋的倒影、色彩、居住地、神魔鬼怪、令人深感诧异的痴呆儿。我无法穷尽自己的目力看到的影像独存于幻想之外，那陌生人眼中的海，平庸，乏味，带着泥沙和大大小小的鱼类。无事者在水边徘徊，写下他们的寓言，一目十行的长句子诗篇。后来人们用泥沙搭建房子，在海风中回忆、追溯、拒绝日常生活的凝固、刻板，哪怕是水草轻拂，都颇类潜流，满把手抓她——陌生人眼中，生长美人鱼的海。在声音鼎沸的海岸线上，也有孤寂到极点的独行客，背影微驼的路人甲。去吧，要学会爱，面朝大海，春暖花开。这永久的吟唱，是怅然者的悲歌，说不清的未来。总是在鲜艳的日光下，温煦与严寒、爱与恨次第呈现。我的情人们，只要大海常在，我们的生就有无尽可能。去吧，要慢慢爱，但是，遗忘，总在随处发生，这陌生人眼中的海。在构成她的奇异变幻当中，我们只是无力挥手的一群，以飞箭般的速度远离，这陌生人眼中的海。有时我简直要梦到她汹涌着迈向宇宙，阔天阔地，覆盖我们身体中奇异的沟壑，那愚昧、阴沉的灰色地带。但这只是陌生人眼中的海，流离奔腾，泥沙俱在，莫可名状。相比于活着的事实，海是历史，茫然即景，一道道幻影，并不存在的微光乍现。在一切无为之中，海是牢固的大平面，流动的情语，奔腾啊奔腾……多少年了，在"灵魂的暗暗哭泣"之中，我总是梦到雨雪、海底的雾珠、汪洋，"身陷其中的恍惚"，直到天色暗淡，那种常规的忧伤侵袭，而大水奔腾，陌生人推开门……是啊，"这仅仅是我从中看见了自己的短暂一瞬"，而海即永生。

脆弱的都城

现在我能回想起来，我焦躁的一个原因是，我为自己建造的都城很不牢固。四面八方漏风。兵士们并无严格的纪律，习惯了随意、脱岗、打牌和谈笑。他们是一群乡下人，嗅过土地的芬芳，都不喜欢阅读，但情绪稳定，臂力无穷。我只是他们的代理，通过秘密指令告诉他们每一天都有什么事，或者也没什么。日子照常过下去，只要保持镇定性就好。现在已经不用盘查过往客商了。我在碉堡里写书累了，就站在高处的垛口，看看这个城市的车水马龙。我时常心血来潮，兴奋莫名地在心底大叫。有一些片段就这样形成了：至少，我还觉得自己度过了一些不错的时光……我返回头，捡起一些被漏掉的沙子或者碎石、凝固的画像、默祷的小旅人。他们的双目一动不动。真是可笑，除了这些，什么都没有。在某个时分，我反复向他们诉苦。忏悔书写了一大摞，夜鼠咬破了一个角，这很无聊。我从来没有抱怨过写多了或者写少了……每当日光流逝，总有捶打四壁的声音响起。我很担心长此以往我在这里就住不下去了……我需要建立一个坚固的防噪的碉堡。我趁闲在向阳的地方种点儿花草，我趁便闻闻芳香。我的兵士们是我的好帮手，我是他们的代理，但逐步地，我已经取消了秘密指令。他们连站岗的事都不再做了，每天只是替我传抄几张小纸条，看到妙语时，我需要听到他们兴奋的高叫。这个时候，我倒是不烦躁。这样年复一年，比我在十年前或者更早时候的日子就好多了。后来有人故去了，我为他们立上墓碑，逢年过节为他们祭扫，倒点儿当地产的酒，在他们不存在的坟头伫立和回想。有时我也默祷，希望存在下来的部分能更加地合理、尖锐、通达、不焦躁。我憎恨伪善和脆弱不堪。我的城堡，从无占领军履足。我为他们准备的蜜糖和枪炮都很充分，而且随着时光的流逝，我越来越不迷信，能够坦然地面对残余的激情，越来越少冲动和忘形。我注意到，很多人都走过去了，在高高的大马路上，看到我的人冲我挥手，我报之以微笑。除此之外，什么都不做。只有在夜里沉睡时，我才会被迷惑，想起初恋的姑娘，幻想她的美，写下肉麻的诗句。这真是"愚蠢和痛苦的罗网"，但我无法。时间太远了，他们说。从大路上看，枯草已经覆盖了整个原野，天地一线，大风肆虐。我想啊想。她们都是孩子，渐渐迷狂、沉寂，在空气中变为水，粗重地呼吸。可我深感失去。我的都城毫无意义。如果其他人在场，一切就变得更坏了。往事开阔、肃然，我曾经沉迷，被深深吸引。可多少年过去了，我为什么走到了这里？一切多么陌生、错谬、无法宽恕。我这"尘世之手"，多么错谬、惘然，承受着漫长的等待、抓狂、强制性的隐蔽和空虚。贪欲未除，我有时聆听、沮丧，从子夜开始就在等，群山回归，坚城高垒，直到梦幻四散，我醒来了……在岁月的长廊中，我或比天才活得更久……

理想的黄金

出身贫瘠农家，我哪里见过黄金。世界广大，我遍访宗匠，他们指我明路，我孑然独行，善良者谓我孤苦，他们赐我生存之必需，我称他们为衣食父母。黄金哪里有用，我陷身绝壁，风雪交加之夜，我只盼星光闪亮，我不想以黑暗果腹。我哪里能搏过兽类，野狼在旷野上呼啸，我身穿白衣而立，在狼啸的间隙，夜多么静啊。我偶尔想起黄金。金色。铜臭吗？它们衬托我的白衣。我为灵魂寻找的墓穴在何处？多少年了，我虚伪地活着，违心地赞扬你们，每走一步都诚惶诚恐。我哪里见过黄金。请赐我傲骨嶙峋，请许我黄金的质地，请给我钢铁之躯。请造刀枪剑戟，请购置金疮药。人啊，你何苦低眉屈膝。请学点医学吧，有时它就是黄金。请做点年糕，那日常生活的流水，那细小的幸福，恋人那展颜一笑，更胜过黄金。请尊重艺术吧，请勿妄言。

时间是金属粉末，请弹奏钢琴曲，请爱惜音乐家，请关注他弹琴的姿势。举世罕见的黄金，我冥想中的神祇……多少年了，我辗转于路。我用巨石砌筑阶梯，我想那理想主义者的黄金，就埋伏在高山之巅。请谢谢那引路的灯光，请找到引路人的后裔，请与他结为兄弟，请与她结为夫妻，请珍视她的美。我哪里懂得黄金。请告诉防汛师，洪水在黎明奔腾，请注意堵漏，请紧密联系当地百姓，请动员全军抗洪。请不要站在摇摇欲坠的屋脊，请留下你的遗言，请递一个漂流瓶。请藏匿信件。请提供救生筏。我们时常身陷探索的绝境，请提早学习紧急应变之策，请勿依赖他人。请关注天空、河海、四季运行。请走近人群，请随时观察他们的表情，请勿做一个弃世者。我哪里是绝望，请敞开胸怀，领受生存之欢娱。请勿坚执。我哪里懂得黄金，我只是打个比方，如果没有爱，我哪里需要黄金。请多读诗和比喻，请多用象征。我哪里喜欢人世穷愁。请举足向南，请到热带雨林，请找到生命的源头，不要只谈闲散和孤独。在那深不见底的林木深处，一定有我们尚未解开的基因密码，请做探险家，备好帐篷和绳索。请耐心地等待气候转变，请准备相机和画夹，请剪断脐带吧——灵感爆发，或许只来自断裂的恐惧。请抓紧我的手臂，我不会弃你，请相信前路可行。我们哪里是为了黄金。

深夜密谈

我与你有过好多次深夜密谈。有时，窗户外边，阴雨森森。因为睡得太晚，你的眼皮沉重。我们已经有过好多次深夜密谈。在一些无事生非的夜晚，我制造了并拥有我们的秘密星空。我等候这一日已经太久。我已无心守候。在更无望的时间内部，我定然已经无救。我不知道自己的依赖性和不知改悔始于何时，我只是无心做一个良善之人、麻木之人、枯涩之人。我并非喜欢暗夜沉沉，我并非喜欢睡意和骚动。我并非喜欢我们目前的一切，但基于一种生活的本真，我同样拒绝雷声和那种激烈的变奏。是啊，在这样沉闷的岁月里，我已经过得太久了。有时是一种非要做点什么的愿望迫使我采取行动，沿着楼道，我们的世界在缓缓上升。在它漆黑如墨的子夜，我看着自己的血液流动，我的感受与你不同，我们并不是始终步调一致。很多时候，我们争吵的缘由就来自这种分歧、罪恶和宽恕。我已经用尽自己的心力在书写我、我们。我已经用尽心力，但只要睡过一个整夜，生活重又诞生无数可能。在我迄今活过的有限的四十多年中，我经常处于绝望和忧愁的双重围困。在我迄今的所有收获中，我经常觉得是夜晚催生了我的爱恨。我失去的安宁日子已经难以计数，我经常思维混沌，不知所归。有时，是一次无可遏制的激情让我沿着记忆回溯，那些被遣散的旧物质看起来如此陌生。我沿着自己的路途奔波、后退，看着田野里的杂草变成自己生命的一部分。我埋伏于这样的田野，夜晚像无数人在诞生、降落、被埋没。我觉得那些辞别我的辞藻根本就不存在，我觉得自己的叙说无力、慌张，如同四散的尘埃。在那些夜晚，我与你有过好多次密谈。我想看到你的心，其实我已无比熟悉。我想看到你，我们的一生，像如此这般，其实本无秘密。我们的梦境并不同步。我们的爱恨并不存在。我曾经寄希望于在不同的区域获得爱情，但现在，随着时光流逝，这种信念也已逐步淡去了。我继续耕作，像勤恳的老牛一般，在怅惘的夜晚，回顾自己的一生而无悲哀。那些不存在的荣光使我深觉尴尬和虚妄，那些流利的箭镞如同已经逝去的年代。我捕捉它们，并无法自控地与你交谈，在那些夜晚，你睡思昏沉。你慢慢老了。我觉得我们平静的生活至此已经走到了最古老时光的深处。我再无发现其他任何新事物的可能。我觉得疲惫的夜晚，整个世界并不存在。在如此之多的焦灼和期待已经过去之后，我们的世界并不存在。我经常孤寂地守候在这里。你睡着了，整个宇宙的雨水彷徨而四顾。我的心中经常积蓄的恣肆汪洋也冲决堤防。我需要找到一个新角度来完成我们神秘的初衷。但夜晚如此深沉，我不知何物在子夜初生。我们总是贪婪，我们总想拥有。你似睡非睡，似懂非懂。我们总在啃噬、咀嚼，牙齿尖利，如同雌雄双兽。在整个夜晚，我们总在忏悔。在整个室内、野外，究竟是何人、何物存在？

自我否定

我有很多方面的雄心，但所有的这一切都可能离我远去，最终我所剩余的部分寥寥无几。我站在这里，看着窗外，内心里充满对自我的否定。

不，就在刚刚逝去的这一刻，我仍然觉得自己像个帝王。我仔细地体验着自己不羁的思想，漫长得超越一生的忧悒。我自信我可以捕捉独属于我的每一个时刻。那种强烈的占有欲把我推向自我审察的绝境。我看着自己，开始回忆起往事低垂的时分，二十年过去了，人事熹微，我依然在无尽的眺望中消磨光阴。

进入一桩事件中到底有多难啊，每逢午睡初起，总是有许多未竟之事在我的脑海中盘桓不去。我依靠描述它们来消解这种日复一日的压迫感。我注视着日光西移,在幻视中与许多场景相遇,童年时野草疯长的河岸现已不再。我搜索枯肠,仍然难以从此刻脱逃而去。

或许,沉睡本身即是梦境,那纷乱的群山间,清风明月渐次生长。而我置身的陋室与此相反,有时夜间狂风肆虐,明月渺无踪迹。初来此处时我曾经有过的满足感也已不再。我异常造作地重申着自己的物质理想,它们形同另一重重压。这是我久前未曾想象到的。

我徘徊在始终如一的情绪的沼泽中,那设想中的顶层小楼,上面覆盖着屋瓦。

青藤缠绕的岁月里,我面对如何写完自己的一生这唯一的真理。

这里距离我的故乡并不遥远。我一次次地依靠内心的力量与她接近。在我降生的地方,厚实的土墙已经变薄,形同乌有。我已经无法把它准确地描画出来。有时是杂乱的图谱,我屏息静气,却找不到自我的踪迹。

我不知该庆幸自己天然的敏感还是力图修饰。不,我深知这个虚无的话题之毒性。在我还在为生计奔波的那些年里,我可能找到了一种足以抵挡其侵蚀的替代品。有时是同事相处时的小小愉快,有时是昙花一现的爱情,有时也可能是愤怒。

是的,这些年,我总是像在堵漏似的对待虚无。现实中一些小小的所得也与此相关。但是,那时的生活确实存在着危险。当我走在无人的街头,一场突如其来的大雪可以使灵魂裸露。更多的时候则是一片混沌。

我的确在一次次地否定爱情，那些曾经无限纠结的日子啊，那些难以成眠的漫漫长夜，那些誓言和随之而来的幻灭的碎片，已经占据了我生命中的五年甚至更久。相对而言，我更喜欢这些沉寂的日子。当日常生活的图景徐徐地展开，我无须伪装，便可深入人群，变成最为普通不过的一分子。

熙熙攘攘的灵魂无关乎虚无。在我路经之地，我欣喜地看到了漂亮而壮观的居所、美艳不可名状的女人、贴实而平稳的劳作以及不断上涨的报酬。我喜欢为之奋斗并有所得。那些意兴阑珊之际的书写也类同于虚无。我不知道，我为什么会写下它们？

自我否定并非我的兴趣所在，就像愤怒本非我愿。但当身离此境，那些熟悉的雷同之境总是交叠着出现。我不知道这些隐匿之物有无源头。

但恰恰是在这个时候，我们一次次地逼近了自己。

别一时空

年复一年，我都在为自己正在经历的一生寻找一个容器。当时光迁延，许多感受都变轻了，这样的愿望却从未稍懈。我常常想回忆起初临人世的一刻，但时至今日，仍无进展。那新鲜如初的岁月无法被铭记，它经由世界和历史的重重消解，最终如同我们终将重复的一生，茫然混沌而不知归路。现今我于自己，也正如羁旅他乡，那无数的痛苦便由此而生。我曾于年少时遍求四方，希冀一劳永逸，直奔主题，奈何岁月蹉跎，大道多歧，我希望看清的事物，熙熙然隐于人丛，发见愈难。或许便是因此，我求助于那隐幽之词，但有会心处，便感身心安泰。长此以往，阅读成了常规的依赖。我一边猜想那沉浸于相似困境中的某人，一边为现实的生活而奔波如旧。

我或许早该断言，我们所谓以心灵为介质者，是这个世界最为抽象的那种典型。天才、疯子、偏执狂、自我压迫者，皆出于此。而俗世的欢乐多么美妙，倘若能彻头彻尾地自我背叛，倒不失明智之举。数十年来，我窥探着这人世的浮华表象，尽管所见皆皮毛，但也不讳言这浅薄的好处。我时时愿褪去岁月的尘垢，使心灵未见涂饰，去写一本纯净之书。譬如这世上之静默万物，不见功名争斗以及残忍的杀戮，那蔚蓝天空明净泉水广阔无垠的大地，那巍巍雪峰碧绿草坪茫远无际之沙海，均是我们行色匆匆的见证。我写下万物的缄默，或许，这便是那最初的对抗及最后的永恒。许多时日，我流连及此，类同谵妄病人。无数昔日的片段汇拢，而未知更似永恒。

有一些时候，在对消失时空的追忆里，我会变成另一个。但纷纭的世界过于驳杂，而我们记忆中的声音如此低微。我路经喧嚣之地，使自己看起来像一个正常的人那样——醉心于某一种所得。这样的经验推动着自己成长，那决然的对立在阳光下消弭于无形。我自觉这样的日子有疗救之效，对于我们的雄心是一个简短的安慰。我曾经迷恋于发掘那些伟大人物的困境，当绝望的泉水泛滥于生命的终点，那波澜涌现的一生也变得彷徨而模糊。我想象着他们被损伤的生活、记忆中的某一次风雨、纠结的伤痛，在这种时候，我想写一本雄宏之书。是的，这是思想的另一个纬度。我常常为自己的神游物外而抱歉于人。

但此时，我恰恰发现这是我之生命中最重要的一刻。随着年岁愈长，这类时刻越来越少。当我彻底清醒过来时，我或老之愈甚，而我正在重复更多的前人所走过的道路。在我们痛感自己麻木不仁之时，也并非没有终极的快乐可寻。这或许正是一个悖论。我们真正的生活之于当下，很可能是别一时空。

使我们及时苏醒的那些环境

这些年来，他总在用心研究"使我们及时苏醒的那些环境"，他时刻担忧我们沉眠不醒。我说服不了他，而且也从来没有准备将他纳入我们的思维程序。他是不同的人，志向明确，目光远大。但是，他孤零零的没有骨头。我带着大批部队没有薄荷。我反复地斟酌过这样的生活，但没有得出任何一个结论可以同他比拟。从公园的北门外出继续向北去，听晚风的呼喝，我觉得我们来日无多。自从天地开辟我们就在担心，但实践者觉得这是无所谓的。"没有感觉，毫不稀奇。""你画松鼠我画龟。"加上那些自说自话的、强力意志的人一直存在——他们非但不听从你的辩白，反而总是掣肘和阻隔——像这样的想象罪恶，又岂能尽如他的猜测？他的预约不断，观看落花的时候头脑犯浑，他一天不去外边走走就浑身难受。被观察的是那些叶子，被降低和冷落的是他的心。他通过对比那些纵横交错的通行网络发现了时空的悬念，但也仅此而已。他仔细地深入芦苇荡的核心，同种植它们的原始农人说过几句话。水面看起来多空阔啊，秋深时分的鹭鸶看起来也瘦多了。你翻墙出去，路过荆棘覆地的沟谷，向山梁极高处遥望，就这样，你变得白发苍苍。我现在也会耽于这样的图景,因此,在镜子中就早做筹谋。绿色是它的边饰。他们围拢着旧日生活,却发现一切都没有什么。无所见,毫不新鲜。如果旧日就这样停留下来,死了,存活的概率极低,那谈论它们真是没有意思。所以,一切记录和追溯的理由都不是复古而是翻新。为此,你负重的头颅才乐于同其他人谈论。你戏耍的日子越来越少,当风景肆虐,你也没有真正地用心沉浸下去。就这样,粗大的柱子固定了瀚海,你形容菜色就像一具颅骨。光阴瑟瑟,树木萧条,倾斜的大地上到处都是秘密的水珠。你应该派人出去收集,以防蓝光出现在未来。他们是齐声致谢你的人?

厚厚一叠信札

信使：你好。先前寄来的素食都已收到。难得你懂我渴求澄明之心，你寄我的一切都是素的。我想象你打扎包裹的神情，自己忍不住窃笑。日子恍惚如昨。我就是这样，以很多年如一日的恒心去制作今人皆弃的点心。我还是没有"到人间去"。

信使：你好。在那塔下枯坐，是没人同你闲聊的。不过毕竟不仅仅是在那塔下闲坐，你要提防一二，小心错过站点。你依靠送信和冥思过活。风云激荡，但总觉得时间就这样任意流去是错的。我们认识多少年了，你从来只寄我素食。我写信给你，厚厚一叠信札。我只可以寄你厚厚一叠信札。以此累积，我终于干成了琐事……我终于过了四十岁了。

信使：你好。我何曾赋予你厚厚一叠信札？你何曾寄我分毫素食？信札。纪念物。往事的呕吐物。我们葬礼上的 X 形符号。富含蛋白质和纯银色的标签。你知我追求澄明之心，但是浓云如暮，你如何知我妄想赘述的人生历程。我不曾见识我的当下，我不曾记得你的形象。你已分明不能影响我。信使你好，你可记得铁沉的山是旧的……水流，是无形的……

破坏者的注解

能理解光吗？

能读进去吗？

阅读是简单的，启悟、生成和应用却异常艰难。

能写出来吗？

思考是简单的，能衔接、传递、勾连起犹疑与不疑却异常艰难。

能理解光吗？

看见是简单的，能无视、能穿透、能察知却异常艰难。

要去写作吗？

写是简单的，存有我却异常艰难，忘我却异常艰难。

但是，真要写作吗？

不写是简单的。冷静地坐下是简单的。但是，糅合万物之思却异常艰难。

但是，还要写作吗？

纯洁而明亮的爱是简单的。但是明亮而庄严、体贴和悲悯却异常艰难。

但是，狂悖和无知的爱却异常艰难。
但是，保持天才的可能性却异常艰难。

但是，丢弃理想的误解性却异常艰难。
但是，忘记阴晴是简单的。
写是无畏的。

但是，不写却异常艰难。
思之忘乎所以和不思之保洁却异常艰难。

巨著如浮云

"巨著如浮云——因此你会在这个下午，感慨万千。"

"说哪里话呢？你看看那些严谨的学者、狂妄不羁的艺术家、烈日里忙于蝇营狗苟的生命——你看看他们无须扬鞭自奋蹄的呆样子。"

"你难道误以为世人皆醉？不，你应该苏醒时取法其中，先建立自己的呆样子。"

"否则，你会感叹，太忙碌了？这有什么好谈的？那些神龙摆尾也没有出于你的意志。但它们还是落下了碎屑,在这人间?"

"日复一日地这样待着,让重复的日头读懂你每一天的沉浮。让枯树读懂你的四季。让一切物都无所失。你看看你埋头于温暖和寂静下一刻的呆样子!"

"你何时执迷于此?你嗅出了人群中的气息有些问题。你其实爱一切人事。否则,你不会见他。"

"你想通过书写缓解某种低落情绪,但这种行为是无边际的。你不可能得到它诚恳的指令。"

"因此你穿过了山洞。你躲过了龙争虎斗。一些小虾米,看起来毫无意义?"

"你常常觉得困倦。在瀑布的边缘,你随着水流俯察天地。在平原的尽头,你拾级而上?"

"如果是长长的书卷被焚为烈焰,你怎么想?那当然好,因为些微寂静便是虚无的实质。它不容它再多一点儿。"

"因此,每一行字都被涂抹掉了。那些毛发也就还了回去?"

"是这样。浮云独坐,它不明白如何从山河里越过。"

尼采(1)

我准备像写一部不存在的书一样去写我的著作,因为它的极端忘我。我准备像爱尼采一样爱我自己,因为这种极端天气。

我们谈论的隐秘,其实不只栖居于你的内心。我们谈论的双手,其实只是你的捆缚。

我准备只写这部书的目录。我准备只搭一点花架子。我准备只爱这尘世。

但是这部不存在的书，它笼罩的不只是我所居住的乡间，它还笼罩整座城市。

它还笼罩无形，它是唯一的镇定。

我从这部书里所获得的情意，或许只有你一人明白。但我爱一切尼采。我爱他疯狂而变形的命运，我爱他的精神之隐秘胜过一切灰尘。

我爱这尘世，请教给我不爱的法门。请教给我不写之书的书写法门。请教给我寡人的"说话"。我带着圆润的喉……

请容我书写一本不存在的书。请容我做一个末世的打铁人。

我总是怀着对我们的"命运"的大好奇。

我已经渐渐抵达那里，滴水无言……但它还不是我的思想。我并未觉得我需要思想。

我并未觉得我需要书写和纪念我的发现。我只是一个站在灰尘中的人，路口飘过皑皑白雪……我只是一个站在白雪中的人。

我们无端的手只是一种捆缚，我们的人生，只是一个飘荡星空，我们只是一朵鲜艳的不存在的花束，我只愿意去写一部不存在的书。

未完成的书。

无尽反对和无形无相的书。

我只愿意成为一个不存在的人，"没有个性的人"，一个极其普通的、离奇的、讲故事的人。

唉，我终将成为对文学、对抒情的反对，我终将成为对叙事的反对。

我终将成为对一切不写之秘和曲折的反对。

尼采（2）

  我们心怀爱的冲动，但不是任何能动的兽。黑暗趋光，我们始终有无尽的悲欢。但是，谈论一盅令人上瘾的药与毒是有害的，它会使你疲于困倦，诞生于一次次不远不近不圆不方不明不白的归途。在长满了人的山谷，听孤独如天籁的咳嗽声。用尽你的血，去染红一部书的结构。去安慰要渡江的老头。去剥下他用以伪装的外衣。去解救他偏颇的烦闷的灵魂。

  我们生产，然后自我消除。我们制造，然后消解与破坏。我们讲述，然后批判讲述。我们热爱，然后丢掉热爱。我们醒来，然后隐去醒来。我们觉悟，然后鄙视觉悟。在一切不可谈论、不可存在、不可针砭、不可拘泥、不可判断、不可束缚、不可泅渡的书中，我们是唯一的沦落者，紧张无度精神爆发言辞杂糅混合了无数尼采。

  但尼采也是不可谈论的，所以，我们唯有杀死尼采，吞噬他的血肉，化解他的灵魂，使自己成为一个背德的不洁的人才是成为我的唯一的方式。在我准备谈论的这部唯一的虚无的书中，包含以下隐秘的结构元素：

   我，主观，寡人书
   母亲之使我成为我
   没有个性的人
   像卡夫卡、佩索阿和尼采一般的大多数
   《追忆似水年华》和一盏午夜摇曳的灯
   成为非我，不可谈论的镜子

灵异的，幻想的

目光的官殿

腐败的现实

叙事者及叙事的反对者

昌耀、保罗·策兰以及我们的悲伤

文学发生学

哲学的欺骗

诅咒宇宙，以及一颗沉闷的灵魂

……

总之，这是一部目录之书。它通过罗列世界上最长的目录而抵达一个不可能的尽头。

破坏者的注解

对于卡夫卡以及许多人来说，日记或者书信都可以呈现为他们的内心；但对于生活的本质而言，身外之物大体是无用的：日记多半会被销毁，书信大多会被丢弃，内心的激情多半会在逐日的流动中慢慢消泯；那些孤单的少年时期会远去，随之而来的，是类似于去国或者去乡的悲哀；有时，想象一种迥异于当下时光的生活，抛弃一切自认为重要的人与事物，流连于任何一种不同于所在地之观察之日的日出，都会使自己的思绪呈现出另外一种荒芜的面目，都会使自己的内心呈现出另外一种疏朗和空洞的面目；对于我们无处不在的生活而言，并无须深入，那些日记的记录者，都已深悉旧日的苦楚，都已深悉当下的苦楚；那些迷恋写信和倾诉的人都已远走，在沉痛的辗转之中，那异乡风景也会变得陈旧,随着事物再度变得熟识,庸俗生活的本质会如镜子般重现;那照耀积雪盈日的强光会使寒冷的冬季升温,那一切已经形成事实的部分会慢慢地改变我们的思维构成,那逐步加深的季节征候会使我们的记忆变得毫无用途;对于我们来说,任何细节般的究诘都毫无意义;对于热衷于书写的卡夫卡主义者而言,任何远离内心的生活都如同虚伪的和短暂的空白之日;因此,日记或书信发挥了一种作用,它们不只呈现了卡夫卡们的内心,而且填补了那些难以逾越的时光;对于庸俗的漫长的生活而言,卡夫卡是不存在的,任何逗留于内在的片面的思绪都是不存在的;随着生命老去,那昔日的光阴会成为虚妄的注解,它们仍旧毫无作用;在寂静的流逝之中,没有激越的高迈的部分,任何灾变都不足以构成对往昔的破坏;有时目睹一个真正老去的人,像精算师一样去计量生命伸长或缩短的部分,会使正在涌动的生活凝定下来,如同一个人在向晚时分的停驻,如同一个迷恋活着的人在死亡面前划分粗疏的界限;那些年,生活毫无指望,理想如同虚设,阅读从未发生,焦虑无处不存,而灰黑的乡下面孔无日不灰黑,它已经很难恢复到从未受到破坏的时候;因此,日记中那些针扎一般的疼痛类如灵魂的图腾,它已经破坏了生命的完整,它已经完成了一些事实,并使那些仍在守候的事物变得耐心全无;因此,写信成为多余的部分,那收发信件者成了多余的人;任何聆听都是无用的,对于立志破坏时光完整性的卡夫卡来说,任何注解都是无用的,因此,他希望烧毁自己的一生,如同那根本性的寓言从来不存;他并未写下任何字句,从来不曾对庸俗生活的质地发言;从来不曾纠结于任何不安或惶惑的部分,他的生活宁静如同坟墓；整个世间，并无任何噪音可以影响正在活着的部分，并无任何噪音可以影响已在安眠的人；这广大的人生像虚拟的灯火，它们照亮了那日落之后的魂魄，并使立志于安定的人发声，但这种努力是无效的，因为破坏者从不诉述，"他们通常过着毫无注解的生活"。

梵·高（1）

人们并不爱艺术家的命运。任何艺术家的都不爱。任何人都不爱。

艺术家的任何孤独都无比地接近才是对的。艺术家的任何命运都无比地接近才是对的。

人们并不热爱、接近任何艺术家的任何孤独。人们并不接受任何艺术家的任何暗示。

人们并不迷恋任何艺术的源头。那些热烈的光彩都是刺目的。那些为艺术而献身的艺术家的命运都是刺目的。

那些明亮的光刺目，那些晦涩而暗淡的光也是刺目的。回忆和追寻都是刺目的。

这就像任何寓言和象征是刺目的。任何诗意的曲折的循环是刺目的。任何归途也都是刺目的。

任何不归途都是刺目的。任何绝对的孤独都是刺目的。任何真纯的艺术家都是刺目的。

我们的共同命运是刺目的。

单一的歌唱和无尽的悲观是刺目的。单一的温情和书写是刺目的。

不言不语是刺目的,没有绘制的生活是刺目的。飞翔和寂静都是刺目的。

人类的不死的命运像一只飞鸟在真空中的飞行。它凝固在湖水中的动态是蹊跷的,也是刺目的。

梵·高(2)

我们的生命存在强烈的幻灭感。它没有实质。一切艺术和生活都是心灵的虚像而已。在我曾经看到的流水般倾泻的尘世中,我还看到了那种颤抖。我看到了那些交叉句子,在极度不安中,我看到了,并且想及时地记录下那些交叉句子。但是,由于极度疲惫,我第一次没有这样做。现在,我仅仅能够回忆的是,我看到了那面无限下滑延展、辗转崎岖的怪坡,我看到了它在下滑中的凹凸,一些虬髯枝杈,一些大小洞窟。我看到了我的隐忧,一种难以言喻的无情事实在一个高度锻压的须臾中被制造出来。我仍然感到极度疲惫,但是似乎需要写作。不写的快乐在此刻难以获得。我所看到的怪坡深长、悠远,似乎有不可触及的底端。我看到了它在虚幻中的开阔和平坦。但它的底部是否真的完全无存,我几乎难以确证。我宁愿踏实安放我的肌骨,而不想过度纠缠于这个梦境般缠绕而不可重塑的早晨。但是,不经由我们发明而呈现的各类战争弥漫在我们之中,地球上正在呼吸悲欢,生死无穷的七十多亿生灵,他们互为彼此爱与痛的见证。我们的生活的最终完成,似乎有赖于这种残损的热情和小小的见证。阳光也会浓烈地照耀那面斜坡,我们站在地平线上,混沌的曙色站在地平线上……我看到一切已死的灵魂复活,他们和万千生物共分宇宙，七十多亿穹苍……它们共同站在地平线上。

梵·高（3）

我们很难赋予那种幽微的人生处境以崭新的定义，因为人之长生如长逝，活一天，死一天，"苟延残喘"而已。我们根本来不及仔细感受，何谈去深入描摹。只是，我们偶尔会觉得，艺术虽是生活的夸大，却也接近了某种理解的本质，它所呈现的内在喻指或许便是：我们曾这样活过……

可是，不思而活最好，浑浑噩噩最好。因为生活本身的混乱和无序，已经构成了一个徒劳的象征。我们所能感觉到的它的方向性，很可能只是一个思想的误区。生活是除了激发你要站立起来伸个疲惫的懒腰外，根本不代表别的什么。

我们活着，只是日复一日的重复。那些我们所没有彻底观察到的生活，几乎成了诱惑我们活下去的唯一的生活。在日复一日地目睹自己的身体和灵魂犯错误的时刻，我们也在抬头注目，但无论是右侧还是左侧的高山，都不是使我们压抑起来的实指的悲观……

我们蹲伏在大地上的时刻，那些隐身的部分是不出现的。我们无情地睡眠的时刻，那些隐身的部分也是不出现的。那些幽微的处境没有长在多数人的记忆里，所以，在我们多数人缺席的时刻，隐身的梵·高是不出现的。

只有在一种绝对例外的长满了荆棘的情境中，我们相逢了一个不识的灵魂但却无法伸出手去，因为我们曾经回避了自身对于一切生活的爱憎。在我们面对一切自我而不识的时刻，梵·高是不出现的，那压榨他变成灰烬的大力隐暗而幽微地生长出来，但因为我们的一切不识，而使彼此的灵魂错过……

时间仍在无情地流逝，梵·高并非我们的唯我的意志，梵·高只是我们对自身的一种不识……

读本雅明：论自我毁灭

若谈到心灵之弦的断裂，我们在许多人身上都可找到见证：尼采、本雅明、芥川龙之介、昌耀、茨威格、保罗·策兰都大体如是。自我毁灭有时出于绝望和厌弃，有时出于思想的沸腾，有时却只能简单地归因于对世事的较真。一个与整个世界产生了最深刻理解与妥协的人不会选择这样的道路，或者说，他已经获得甚而干脆无须自我救赎。作为对人类心灵感兴趣的写作者，我对这种种处境都了然于心。我知道他们内在的柔韧、敏感和坚硬之处，如果对于所历的种种不堪无法消除、遗忘和转换，那日复一日的自我反噬会彻底消解他们对于生活的爱心。我们生无所寄，看春花秋月空空，即使无老病在身，也会失去对浮华表面和万般喧嚣的所有依恋和猎奇之心。这本来是我们一切奋争的根本，拆除了这种根基，我们人生的出口便只有两条通途：或大至无限，生死只谓出入世，或根本没有出口，那堵截了呼吸和各种生之欲望的上苍之手已经在将你的命运收紧。在乡下，在万千大众眼中，死亡确实也会变得随意，死神根本没有耐心聆听，而无聊之心会在看清事物本相后获得无比的坚定性，结果便由此而注定了。我们心灵中对于明天的烦乱之感无法遏制，那些细小的悲欢已经全无诱惑，而岁月的流水一如既往地流淌，它们只是在重复日常生活残余的一点惯性罢了。正是由于亘古以来的无限重复，我们开始觉得生命大致如此，而徒然之草也已萧瑟、枯萎，我们所见识的自我放弃遂变成了清晰的现实。多少年来，我们滞留于对这一历程的追踪之中，渐渐地变得与许多事物雷同，所以，只是作为幸存者，我们被想象，被怀恨，被惦念，但所有的一切已经被跨越了，"这些山峰、时间和来路，它们已经毫无艰险"。

读本雅明：叙事

困倦的时候，我是一点点地看着我所爱的这个人、憎恶的这个人、赐予的这个人、目睹的这个人慢慢地睡过去的。他一睡过去，我便明白，那个熟识的形影再也不会出现了。作为审慎的研究者，我很反常地记起了他在告别睡眠之前的那些梦境，如果不是必须，他从此后就完全不必记挂和莅临，他再也不会醒过来了。那个时辰，距离现在大约两个小时，等我从后来再经过大地上的灰尘往回返的时候，我看到日光西斜，很多情景已经退却了。饥饿感一阵紧似一阵地到来，他看着那面幽蓝色的墙，开始动手做一顿午饭。

这可能是误导者的午饭。因为到目前为止，太多的人已经不再选择用古老的方式进食，这样的话，如果他们学不会新的技艺而饿死，也不必给周围的人带来太多哀伤。吃和不吃其实是一样的，作为一个已经过时的人，他深明宇宙运行、生命息止的原理。即使在永远不醒的梦中，他也知道，如果是这样缓慢地消失，他的亲人们便毫无责任。他很庆幸，他先于世人了解了这一过程。后来，他便开始用自己的方式进行记录。

面对记忆和往事,他采取了曲笔,并且毫无遗憾地扔下了自己的悲观,只有这一点,他是坚信不疑的。但他从来不会向人道及,他已经离开了常居的那些岁月,他从路途中极偶尔地捡回的那些小珍珠(细如发丝的雨水),也向来无人道及。总之,他无须向任何人说话,而他们由此也便完全沉默了。

整个午后是漫长的,在他之前和之后的一生中,他知道灯光和大风都是漫长的。有时,他痛悔自己曾经发了疯似的与不相关的人争斗,但他最终所得到的,也只是他的决绝和他人的彻底遗忘罢了,这本来也无须诉说,可是,他又莫名地写了下来。等到他回望之时,他的身边也是空荡荡的,沙尘很多,他的视野受阻于中途,因此,他的形象便渐渐地凝固在了那些遮天蔽日的沙尘的远处。

但我作为旧人,或许是唯一的见证者,从我决定叙事起,他的故事便涌至我的脑海。我并未意识到自己将存在多久,但是一些凝固的图像被悬挂在灰色的墙上,我看着他们开始做事,那些外在的物质,打湿了浮尘。我推开了人群,慢慢地走进那些图像的深层,就像一个隐形的人走进了他尚在沉睡不至的梦中。

读本雅明:在阳台上

阳光照射到阳台上并能使我感觉到人世的温暖,这也是阅读可以开始或者完成的标志之一。为了大体清晰地明白你的寓意,我已经尽可能地排除掉任何想象了,只有阳光的暖意可以使我在抬头的一个瞬间感到镇定,只有远处车辆的小小噪音可以使我感到好奇和镇定。作为阅读者,我们得以开启自己的标志之一便是来到了晴天丽日的阳台上。我在片刻间急骤的转换中来到了我已久违的一个梦境里,我总是异常小心、笨重,我总是在克服自己。那些涌流在灰尘中的光线,它们动止相宜的部分其实也是在反复克服自己后的一个转圜。我必须使我的生活简单下来才能使时间和思考聚集,若非如此,我常有的疲惫之感会弥漫到我所在的整个区域,整个房间和整个阳台。当然,无论多么破碎和不坚定,我仍然活在一个循环往复的时空中,我活在对于过去的记忆、猜测和痛恨中,我活在无数我曾经抵达或未至的时空中。那隔窗而望的,便是我的流亡岁月,我正是在这片刻里获得了一种删除后的安慰并告诫自己前行的。当然,这是一个租来的居处,我目前的多数灵感,都诞生在一个个被租赁的时辰中。但我站在阳台上,可以看到并重新喜欢上白昼里的全部事物。

昌耀(1)

我想,生活就是这样一首诗:缓慢而沉着的甬道。你激情的步履迅速在月牙的照射中苍老。你几乎从未圆满。或许,你天然有残缺记忆,如一切伟大的诗人、艺术家所经历的。

你拒绝幸福?以全身心的力追求竟而抛弃那圆满而使人幸福的?

然而那只是幸福的片面。生命无法自铸伟辞。只有离别和惨痛的苦难可以助力。你成为自己的精神而径自发生时,树叶枯黄已入秋冬。你看到它们的飘落了吗?

纤尘负重于落叶之身,大地承纳你所有的压力和病痛。

你看到它们返春时岁月的踊跃了吗?你看到海洋的潮汐如母

性的经血涌动,也是绿叶在吸收天地精气后所看到的。它们浓郁如雾,又须臾凋零。它们都是自然的实体。

但人类的精神有时空虚,你写下它空虚的实体。

有一年新岁乍见,你写下它新颖而将消逝的实体。

是的,生活就是这样的诗:它的每一个四季都日达千钧。你如负轭的驭夫。

而西部的山峦也在年年筹集善款。森林之目光修葺了神的栖所。人之站立和攀登的峰巅孕育了神的脊骨。它们以高海拔将人类文明的种子藏之名山。你西行到了自我心灵和身体的极地。在那里,你要以高昂的呼吸证明你的健康。

时间是狰狞的、夜中的咆哮。独虎拐过亭午。你要以高海拔调试你心率的进退。而后你以断绝归路的心年年扎营在故土之外的边关。那里苍山依旧。溪涧的深水喷涌灌溉。

我站在西宁的街头感受那些深水灌溉。

在夏日的黄昏我徘徊在你曾经的居所一带。

是的,生活毕竟是这样的诗:它的铭刻以二十年为单位。我目睹那些劳役的句子长叶,长枝。二十年中你无法尽度世事沧桑变化。但你的诗句如养分充足的植木长得很好。那长天碧空里的鹰已经飞得很高。你注视到它们落入飞翔尽头的样子了吗?在书写和耕犁的指向中你注视到未来的样子了吗?

我阅读你的叹息。

如今世间寥寥数人阅读你的叹息。

当吟咏之力聚集时,我所阅读的就是你一世的叹息。

昌耀（2）

岁月沉积，人已灰白而亡。不过是岁月沉积，只是无心爱之物的捕获。那遥远的四十八年仰望，从生到死中反复抉择。你单独地留下记忆印痕。你深重的、大敞胸怀的仰望……

我们终将变成一抹灰色？

深夜列车隆隆，复空幻如许。深夜开河与冰川隆隆……深夜，明亮如昼的鬼魅绽放他们的血色如陈铁玫瑰。深夜丽泽的古野不过是泥泞如潮和空旷。

寂静无人的食堂。寒号鸟的鼻子嗅着未来曙色。

寒号鸟冰冻的尸骨在春秋种植的低天中反复抉择。

一大束针形叶子铺排在此。

就着烛光，你该深信和葬于其中的，是那束针形叶子。

空壳子

叙事学观察营

只要他还活着,那种生存的怠懒之感就是存在的。无数从他身边经过的人都感受到了他的怠懒。

他所在的生活靡费太大了,但不仅仅是因为靡费,他更多的是由于自己的怠懒而形成了今天的生活。或许他应该直接冲下楼去,这样一来,他所能看到的事物就不至于太过有限。

他的任何尝试和思考都是有效的。那些教师脸部的表情说明了这一点。他们非常诧异地观察起他动若脱兔的步态。或许,他们以为,他本来已经龟缩起来了,不再抛头露面,不再出门——

营房建造在一个悬崖的边上。整个墙体已经深深地嵌入悬崖中了。如果烈日照射,营房中的人就能够感受到生活的开始。他们活着为了观察。他们感受力的发生建立在光亮照射的基础上。

如果没有阳光,他们的工作就充满了荒凉之感。没有阳光,就无异于生活被囚禁。所以一年之中,倒有不下于一半的日子使他们变得类如囚犯。他们由于没有太多观察的心情,所以观察出来的成果就是千篇一律的——

他生活在整个观察营的外围。他受到注视这件事本身是没有意义的。但是，身受瞩目却使他知道自己尚未处于人生的穷途。不过，他无论如何都不愿意描摹这样的生活。他的心情之中充满了无可描摹的惫懒。

他能够鼓起余勇冲下楼去的时候是不多的。倒不是因为从楼房的顶部过渡到地面上的路途漫漫，他只是因为选择的艰难和身心惫懒。反正最终的结果是一样的。反正无论如何他都要回来。活着本身只是一种不再有任何期待感的往返。

他们的整体观察其实与他的生活所涉无多。尽管，这个营房的建造是出于他的申请才最终落实下来。最初他看到它在自己的视野中慢慢成形，他还以为自己百无聊赖的生活终于结束了呢。但时隔不久，这种生活就形成了一个固定的程式却又对他不加约束。这是荒谬的。他不能越过自己最基本的生活感觉与他们交谈。他只是看到他们在观察自己。

一年中的任何月份都是这样。徘徊在楼房中的任何区域都没有洗刷掉他的惫懒之感。在他焦躁地走动在房间里的时候，他能够想象到整个营房里的人都各自通过一个望远的设备在观察自己。为了表示已经无所挂怀，他不再从自我的角度反观他们了，甚至连想都不愿意去想。

他们日复一日地生活着，似乎所有的目的已经达成，他几乎不会再有任何想法远离这个区域了。尽管，他们彼此心有戚戚的样子无人记录，但这是事实。他们在阳光葱茏的日子更能感受到它。

他找到一个木楔子在自我的肢体周围固定了一个框架。如果不能阻挡自己的感觉时他就把自己楔入其中。那些青年教师如果连续一周见他如此，就会变得更加无所事事。他对他们无所思无所求的样子充满了同情。

有一个夜晚，就是这样，他百无聊赖地绽开，百无聊赖地固定了自己。他仔细地聆听，整个观察营的人都已经安睡。他抬头看了一眼月色，而后低头屏息，想象了一下未来。他觉得自己的生活就是这样。所有为了被观察而形成的靡费都没有培育他的成长，他只是看见了，心有月色而感受寥寥。就是这样。

空壳子

我躺在床上，身体弯成了一张弓。他们都守在我的外围，但目光却不朝向我。

他们的目光变成了一条直线：目光与目光连接，变成了那种永恒的直线。

我在他们的身上跳跃着……

我认识他们？一些刚刚被从泥土里拔出来的人？一些带土的萝卜！一些不倒翁。一些醉舟子。是的，我刚刚认识了他们。我刚刚准备挽救他们。

我在他们的身上跳跃着……

我拆毁他们，在他们的身体的局部绘上蝴蝶！我在他们的头颅中植入秩序，我为他们潜伏，成为他们的、躺在床上的替身。我把我的身体缩成了一张弓。我相信我的弯曲是最标准的弯曲。

他们都守在我的外围，关切的目光被旧事收藏。他们都不朝向我。他们的目光互相纠缠又各自闪避，他们是永恒的、弯曲的直线?

我们在各自的身体中跳跃。我在他们的额头上跳跃着。大地上弥漫着旧日的白雪。

我在他们的身体上跳跃着……

始终没有埋葬我的鲜血和白色的时间的蜜!

目　盲

目盲并非他一生中的败绩。目盲其实是他的最高荣耀。说出这句话的人貌似没心没肺,但事实如此。正是目盲使他找到了想象力的天梯,他因此可以无视时间和空间中的无穷障碍,毫不费力地一次次攀了上去。他找到的是修辞的极限翻转,即把修辞带到它应有的高空再使它凌空急降。正是这种不可思议的坠落感挽救了他。他的思考由此大过了他身躯的所在。再也没有比这更明显的事实了,他不但通过降低自己的肉身凡胎找到了一个宇宙,而且慢慢地发现了一种再造之能。目盲是他的现实而非梦境,他写下的是时间的诞生而非一般意义上的流逝。我们就这样注视着他,而他以目盲之姿,注视着无限广阔的天穹。我们没有看到他的记忆,但他却看到了我们内心的全部沟壑。他不是通常意义上的目盲,在时隔多年之后,我们应该明白他携带着无数奇珍让视觉缄默的悲苦和象征!他对目盲的成功挽救,是一个人依靠内心的辨识能力而写就的最完整的史诗!

唯　在

我有时会相信,一切奇异的词语组合自有其特定的意义。我觉得，至少我们思维的部分起点可以建立在这里。不妨在一个未明的方向上稍微用点力，使它变得更加不明所以或者略微清晰。但在根本的指向上，我认为文学又是完全无用的。

我不太相信任何权威，所以我愿意从根本上反对文学。这自然是一种悖谬，因为我势必献身于我所反对的事业当中。但这是没有办法的事，与我的选择大体无关。我所认为的人生的虚幻实质就在这里。任何事业一旦形成，都将被迫上升。只有在反对的维度上，我们才有些稍可令人振奋的诞生。

它的寓意或许还在此：我们不能持续一种绵延的、根本的活。我们只能居息在幻觉的城堡中。所以，人类的一切悲欢都是异常短暂的。在经过了许多年之后，人事变得急骤，它越来越快。我终究慢慢地习惯了这样的模式，但它却可能是反向的。我一直在力图厘清一些事情，但我越来越拒绝过于清晰。

也就是说，从本性上讲，我不一定愿意去写。写作是一种对人世的隔膜的暴露。不写却意味着对命运的态度是大方的、认从的。我们无法为自己建立明镜般的学说，越来越害怕观察自我。越自视勇猛的人越恐惧于这些琐事，直到最终，越自视勇猛的人可能越容易被毁灭于无穷。

这个世界上有许多苍茫……冬日之寒、萧瑟落叶都在其内。当然，我们没有比尖锐更为不可解的感官。我们所有的恐惧都不大容易被界定。我们的壮怀激烈太像幻象了，因为时间的高密度无法持久，所以我们的激情也无法持久。太多的时候，我们不必过多地去纠结于生活，唯其如此，我们方能日复一日地看到我们心灵的日出……

仔细构思的火焰

开始时并未呈现为火焰，开始时只是浓稠的血、没落的钢铁、一些灰尘。开始时只是一些干枯的烈火、被雨淋湿的树木。开始时只是一个静谧的黎明的梦境。开始时只是一个肃穆的换算，愚钝的博尔赫斯，拘谨的卡夫卡，游荡的李白，饥饿觅食的天鹅，乡村公路上瘦弱的毛驴。开始时只是一个人，只是一个人内心里的火焰，并未炽烈燃烧，随时将会熄灭的火焰。

是一种炽焰欲燃的幻境开始呈现，是一条磅礴欲燃的河开始奔腾、呈现，是一条河流的理解、激烈的奔腾与呈现，共同挽救了这团火焰。一团秘密的待命的火焰。

开始时并未完整呈现，只是一些破碎的闪光的句子。但开始时必定有光，必定有闪电一般的光。但开始时必定有雷鸣一般的大音，必定有情欲一般的光，必定有雷鸣一般的情欲之光。但开始时必定有惊悸和闪烁，必定有一种刺目的光。但开始时必定有一刻惆怅，有一种惊人的重复，有梦境一般生殖的理想，有一种等待被定义的事物之光在惊悸和闪烁。

好了，现在可以进入构思。对一团火焰的构思，对一团火焰的追溯，对昨日之逝、明日之未至的追溯，对错乱时空的逐光般的追思，对思的追溯，对追溯的追溯之思，对道路的填充，对路基的观察，对抵达的观察，对河水的照彻，对爱和迷恋的照彻。

好了，现在可以呈现为火焰。现在可以呈现为灰烬：一团灵感的火焰最终的面目，它完整地复制了我们的所有。就像一个人的爱与死，从有到无地发生。

不存在的人物

　　是的，这些年来，我几乎总是在给一个不存在的人物作传。我即便耗尽我的全部心血也无法完成。但他在多数时候都深具透明性。从我站立的角度看去，他可以是无数峰峦的一部分，其中的一座峰峦，其中的一片葳蕤待发的新叶，其中的一道高岗、一道水流；他可以是风的一部分，身处真实和虚拟之间的风，具备颜色的悲苦的风，没有退路只有吹刮之肆意性的风，无可抉择但却时怀遏止的愿望的风，总在开端和结局的风；他可以兼具风的吹动和宇宙性，兼具一些星辰之念和月色的冷热和圆盘，兼备时间的旋绕和判别，他可以是这样的风的动机的一部分。他没有名字（名字是虚假的摆设和造物），没有情感（情感是断裂的），没有意念（意念已经完全消散了），也不会有过往和未来（未来已经完全不存在了）。但是这些年来，为了这样的塑造之功，我绘制他的肖像，揣度他的爱憎，装扮他的心灵的坚壁（使自我的面目渐渐与他趋同），时时感受着深深的怅惘与悲伤，之后，我的生命似乎停滞下来——在一种前所未有的新的消逝中停滞下来。这种前所未有的新的消逝，我已经体察不到了。这种不存在的惦记性和缝缝补补，我已经体察不到了。我时时刻刻注视着的岁月的杯盏已成虚幻，那些刻骨铭心的投注已使我丧失了所有。关于这个不存在的人物的传记，成了我所目见的天宇中的一粒微尘，这是他初始的形体：一粒微尘？这是他爱的孤苦性但并不为我所知。我是空洞的，因此才决意书写这样的一部传记，但一切都没有确定下来。没有美目盼兮，因此没有任何隐蔽性。他是透明的，因此我无法看到更无法穿越：时空的深刻的湛蓝……因此我无法穿越！

有时能感觉到大地在沉睡

有时能感觉到大地在沉睡。万物都缩小了，蜷曲在她柔软的腹部。一些梦幻，流溢着彩色的光。有时却是黑色的泥潭，我们的双脚要越过行走的栅栏……但这是艰难的。同样是一些梦幻，在阻挡着我们。在很长的时间里，试试离开那些懵懂之地：困倦、狂躁的语言、混乱的内心的旅程……但所有的这一切，都是艰难的：

"M将她的右手放到我的肩头，并为此付出她想象中的重。"

某些事物耽于内心的纠察，会一变而成另外的原声。但种种转换并无迹可寻。我们只能去借助一架木质阶梯，攀到那些虚妄的顶峰：看到山川和我们的命脉。在各类生成中，有时还会看到沟壑，曲折蜿蜒，臃肿，顾盼，使我们毕生难忘。我们所记忆的山风凛冽和整个世界的极限，大抵便是这样的。

"时间将她断裂的句子放到我们的肩头，从此，种种人为的残缺便为我们所共有。"

有时能感觉到大地在震颤。我们所经历的各类战争置换了部分铁器之用，使那些简单的物开启了生与死的加速。我有时会站在那些随后而来的遗迹上，将双手作为桩子支撑未来的一生。我或许并无任何疼痛。万物都在缩小，沉入梦境的庄园、混乱的泥潭、一次又一次的软绵绵的动物的躯体的内部。

"我将我的双手按上你的肩头,并借此来想象你可能承受的思维中的重。"

雪

大雪也会使我感到温暖,一种肃清了体内寒冷的温暖,非人间的温暖,一种记忆中的清清亮亮的温暖,无意义的温暖,徘徊于流行体系与寒冷的冬风中与透彻的万物对立的温暖,一种茫然境域中的温暖,不知所云的温暖,无限重复、拉伸、相互贴近的温暖,距离与距离背后的温暖,爱情与肉欲般的温暖,一种有可能会解脱的温暖,时间真空中的温暖,是啊,大雪般的温暖。那涤荡一切的温暖,通常比喻中的温暖,诠释和舍弃后的轻松与温暖,一种自我回归的温暖,思念和轻轻撕开心扉的温暖,一种从未有过、永不诞生的温暖,天地将埋葬自身的温暖,黑暗中微光闪烁时刻的温暖,分离与惜别的温暖,一种看不见的再生般的温暖,洁净中的温暖,浑浊的诗意与温暖,引领人间沧桑的温暖。这终究是大雪之夜,一切叙事、斧凿都欺天,我在空洞的时光中所看到的温暖,它终究是我们将奔赴的恒温之地,那夜里的温暖,因为大雪而被复制的白光,悲伤,黑漆漆一团,这腊月初十莅临前夜的温暖。我多么奇妙的遭逢之中乏力感泛滥的温暖,故乡风雪之中空荡荡不见人的温暖,是啊,仅仅是白雪,我们根本不会如此抓狂。这遍及人间的温暖,它是我们最终的见解和睡眠,那温情消散后的不耐和悲伤,是啊,仅仅是白雪,我们不会如此夸张和孤单。那宁静的永夜之中鬼魂出没后的温暖。我们只是上苍之光,在疲倦和光明的窘迫之中,急需的某种绝望。

感觉的溢出

街道皆非无端的造物。但它们都近于回忆本身，它们既动又不动，在许多幻象中，街道是安稳的、实在的、飘荡的、虚无的。我经过了很多街道，即便只此小小一世，我也会因街道涌起千愁。回忆真是诡辩和漫长啊，在我的走动之中，我会想起街道的热烈和萧条，我还会想起，随着我的离去，街道所保有的那种奇崛也复归淡然。我的视野恰恰在街道之中构成了一个相对客观的角度，我记忆的不只是关于街道的实在形体，我还记忆街道之畔孤悬的高窗。街道中的大风起兮，我站在街道的正中，在短暂的须臾，任凭感觉的高浪涌起。我与我们两人，多次携手共进，站在街道这里。在我的联想和年华逝去的怅然之悲中，我杀死了那无数憎恶我们的人。那些血污，被作为街道的罪证记住，它补充着我们所不及的那部分梦幻人生。我的行走之路确实已远，此刻，当夜宁静下来，我已无需同谁言语。我只是在静默中接近了街道本身。我只是接近，但还没有幻化。当我说出，街道如存，其实质却是，街道并未存。嗨，这只是一种书法，当街道能够凌驾于云雾之上，那也只是因为操纵云雾的那些诗人们已经困倦了。他们或许需要一种妄想来粘结万物，但作为一种人生的退步，哪里还有街道，哪里还有摔跤手，哪里还有我生我，哪里还值得我悟。那突兀地驰过我们感觉里的朝露，它们飞快地弥漫了高峻而缠绕的立交。我站立在思考的边疆，让晚风弥漫了我所有醉生梦死的思想。

不一样的种子

以前我揣测过生命的巨大之型：一曰孔夫子，一曰秦始皇。

以前我揣测过生命的空旷和精微，并且设想那卑微和高尚的极处。

我想象孔夫子惶惶如丧家之犬的样子。他经过的流水和他站立的土地。

现在，一切往昔的事物都已破败，只有时间未老，它在不同的种子生长的地方开出新鲜的花来。它们已经将昨日的痕迹消泯殆尽了。

现在，一切出现于我们眼前的事物都被赋予了今日之新特征。仿佛它们不是再生。

它们都是自"我"开始创世的神。

那些种子种下，不知以什么样的力道穿破泥土，它们摇曳在新日之风中。

一切语词都是新鲜的。所有人都是新人。他们都忘却了祖宗。

但他们的确向不同的方向生长，变成了与其祖先不同的样子。

他们血液和骨骼里的基因尚未大改，但异变已经发生。

现在，这些人类，与数千年前的人仍是同一种属，但他们的眼神，却已经开始四顾八荒。

他们自认为比数千年前的人更为接近外来星辰。

以前我揣测过秦始皇的日常生活，他征伐的事物和最终抗不过的命数。

现在，一切与往日都不可完全类比，只有唯一的共同之处在提示我们的来处：作为会呼吸的生命，我们仍然没有越过这片土地。

将时间一点一滴地分解，则须臾之间可以被延伸无限。

那综合了无数生命个体的时光是如何年复一年、日复一日地走过来的，没有人可以提供精准的答案。那飞扬的寂然而温暖的泥土嗅到了旷古未闻的味道，但它一直处于散乱的尘埃状态。它是时光之中除了空气之外最大的空白。

以前我揣测过孔夫子的日常生活，他心中的理想、情欲和苍茫目光下的广袤国土。

在他们的时代，上苍以唯我独尊的方式来表达爱。他控制了除自身之外最为渺小的部分。

他除了看到人间，看不到任何白云间的事物。

这和我们今天并无不同。我们的目光并未真正越界。

那高傲的穹庐，自有其黑暗和光明的部分。

不同的灵魂生长在不同的时代和不同的土地上，他们都是用来组成宇宙的不同物质。

现在，这些灵魂有的已经不存在了，有的却在继续放大，变成更多的种子重新滋生。

当我们埋首于生活之时，这些种子各自为生，他们并不会集体注视往昔。而那旧日忧愁，也已经独立于另外的宇宙。这其实已经是我们最为接近的真理状态了。

自今往后，那些不同人的生活仍在沿着不同的方向展开，他们的命运被不同的暴风和流水冲动，变成了完全不同的真空物质。

他们后来没有根深蒂固地生活，所谓现实，只是一种庸俗的感觉罢了。

在空寂的宇宙，他们都是土丘，他们都是浮云。

当人类经过了这个星球之后，所有的种子都并非种子。

我们经过那些洞口，不同的人在二次荒芜中发出不同的回声。

我们在这些回声中寻找、辨别我们的灵魂。那些冷光闪烁，它们只是不同的磷火。

山峰的存在史

自我的晨曦

每天更新的月色使我们赞叹，而我现在看那些孩子欢呼雀跃，要来欣赏美。

我看到夕阳仍在高高的山上。浩瀚的星空给他们织出未归之期的罗网。

那些期待已久的人也都是浩瀚的。在黑森林里，他们眼底充斥着春汛到来的形容。如果说，陈旧的货车拉他们到了码头，那码头也是浩瀚的。如果他们讲起故事，那故事也是浩瀚的。夕阳落下和日光升起是一回事情。在这个星球的彼端，夕阳西下也是圆的、浩瀚的。

也是明亮的晨曦在运行。也是天空的云影降到了清澈的水底。也是汪洋般的浪涌入高空。如果我们涉光过去，能看到它们在穿越那些杯盘。

能看到它们在云天相接处交流晨昏。能看到它们在梦与醒的边界说出爱恨。

我们与日月的起落隔着一个爱恨。吃饱了撑得发慌？不，它们有些宁静的闪烁以致远。

我们与自我的晨曦隔着一些困倦。那些逼仄的瀑布拐进大江河，因此水流奔急。它们新出一个星球，仿如通明全身的瀑布。

帮我请回一个水球吧，帮我藏起你的珍珠。天色昏暗时请照亮那些角落。水位低得不能再低时要去帮助那些干旱的村庄。他们将浩瀚的木桩钉在了不周山上。平地立起惊雷。请你看看那些雷公电母的毛刺。请你加厚毯子罩住他们的烈火雄心。天晴了，雨停了，你就是一个雷公、一个电母。

你的胡须长在谷物上，像尖突的毛刺。毛刺齐刷刷的，一根根存在如云烟。

一日日存在如云烟。三餐用罢，你的故事像云烟。

昨晚你几点睡的？你睡好了没？梦亦如惊雷，将你派出刺秦的荆轲叫回来了。荆轲却不理你。狐狸在外面扎营，狮子带队逡巡。

在山峰高处，历史动来动去见也不见如参商。

你捧在手心里的雪化为银龟。你绣在衣襟上的鸽子飞入王谢堂前。

谢谢你啊，李老板，我们回头见。桥梁高架，人类通途，我们都有一双左右互搏手。

寒冷变得清晰可辨

寒冷变得清晰可辨。就是这样，我们不可能从此刻获得更多。

窗外，阳光在升腾，而明亮的星辰再度归隐穹苍。那茫茫然地穿透黎明的火炬，也在期待着巨人让路。

它引领众生？是的。只有它是洁净的。而天穹的整体像瀑布一般，流泻彗星的曲线。

那普照在果园里的春天清晰而冰冷。很快，百花就会绽开。许多牧民吆喝羊群，穿越道路。在这里，指示他们翻越山岗的是他们自己。指示他们日出而作的是他们自己。那露珠里的青草没有枯朽。

万物芬芳而体贴。

音乐从远方的乡间响起，穿过昨夜新筑的木门。

春草之上，这是五月的道路。那手搭凉棚、仰望晴空的牧人，正是他们自我的星辰。在他们的前方，山峦的背景正被乡间云层泅染。

正东的溪涧泛起晨光的清流。每一个日出之地都有一个牧人守卫。

在仍属寒冷的乡间，他们清脆地发出召唤儿女的高音。

山峰的存在史

白云浮动千次也不会改变天空之形，因为天空之"空"。它的本心非白云，也非烈日，它只是按照既有的路线运行，既未使"空空"增长，也未使"空实"挪移。它是天然自成的"所来人有径，所去鸟无踪"。

白云堆积形成的山峰也不是真正的山峰。但它是一种模拟，也可以对游人形成吸引。只是我们终究攀不上去。只有乖巧的吟咏和折叠是对的？"所来人有径，所去鸟无踪"！

这所有的水土也是超越我们而存在的。在它其余细微的部分，引领风骚之人登楼的都不可能驻扎下来。山峰也飘飘荡荡？不，白云之下，唯有山峰是坚实的。

如果在荒古的年代里穿插，则我们的孤寂不请自来。静默吗？不，兽类经常啸叫，许多树木叶子也层层叠叠存在。你去唤它起来！在所有的呼声里，只有你的声音是坚实的。你可以有一颗圣心，它拥紧你，占据你……毫无疑问，它只有离躯的存在，因此，是坚实的。

树木花瓣都为我们所珍爱。我们跋涉过大大小小的山峰，但天空与露珠都是去去复来，因此不可起居，像一颗颗星斗！所谓的云霓之下，遍眼浮华，我们也是去去复来，为不可见的种子所搜索与珍爱。

铁铃声也有钟鼓意思。你的户籍落定，因此，这里没有隐匿的水声。你在市嚣间望青峰亘亘，你的心依然在动：以间不容发的速度匍匐向前。你不是生来怨。你只是愤恨开。天空平定，无奇不有，真可怪。

总是有山峰堆叠对换。但我们从来都没有翻越到墙壁那边。我们从来都在山峰下。高山大风低谷，阔甸白云乔木。你应该种下星海，养育朴树，躯干里空空，荡漾乎几涕。你是否明白：在山那边，沙尘依然，但春秋花开叶落几度，已经是另一番人间景。旺盛的烟火，记忆之木铎！

游鱼入山

山峰下有路，陆路，水路，不是天然就有，也不是完全没有。在山峰之巅和山麓沟谷间有山，曲折的，崎岖的，连绵的，都是山，"都这样叫，因为它们都是整体的一部分"。路也是山的一部分，陆路，水路——我们有时溯源而上，能够看到祖先们热爱的那种红花。红花灿烂浓艳无比，陈列在山坡之上。在我们面前，有时能看到那种大片大片的红山坡。"真是美极了，美极了，因为它们是整体的一部分。"这真使人欣慰，朋友们，伙计，快来看红山坡吧。在瓢泼的雨中，我们可以看到那种沟通我们来回的花丛中的路。看到了，世界就是这样的——虽然万物尽去，但花朵却会绽放如期。在山上，在路与路之间的沟通中，绵密的事物布满我们的视觉，充斥我们的脑海——让我们带着思维的小小芒刺——就是这样，带着思维的小小芒刺激荡入山。海水的洋面扑打着峭岩，湿润的岩壁使人却步，水击崖岸的吼声如雷，就是这样，时间的流动贯耳——是时间的雷鸣，也是一种游动性的物质，无比强烈、突出地进入我们的耳膜，毫无辩驳。一天一天，我是这样观察它们的，沉醉在一种仰首的顾盼、一种山重水复的岁月盘曲中观察它们的。我们的世界中所有的柔软都是这样形成的：你，我，我们所有的知觉和寂静都是这样形成的。我抚摸过一条游鱼遍历江河后的刚硬躯体，我抚摸过它身体上的硬茧，我抚摸过这种游鱼之变。因此我有时满含泪水，为这种游鱼之变。因此我有时曲尽不语，为这种游鱼之变。山峰猎猎，像宇宙的小小芒刺飘扬。山峰上——山峰上都有花红稻香，为这种我们看不清的，但却时时处处与世长存的游鱼之变！

日夜环球笔记

　　樱花青翠，书房束缚了你？一颗小小星球束缚了你？在动物的脊背刻上弧度，它是正午苍茫的印痕。我们正在那环球运行的白露中伏卧，天色低沉如在秋分。我掰开那些古筝，敲打它弓弦般的意志。一直都是那些弓弦，霹雳一般束缚了你？但是天空一直这样运行。车辆被超越了，看起来如同极速退步。但是树木一直这样运行，午后三点，我们在蓝天下看见它混茫如同古月。但是古月一直这样运行，在烈日的照射中藏匿那道虚影。我的记忆里有钢铁珍珠！就这样，我们日日夜夜都在贴近、糅合，以秘密的吟唱经过鼾声如雷的广场。从来没有一种葱茏就是结束时的辎重，我们拽起吊桥，那一根根缰绳被绷紧了，看起来，像漫步的巨象在直立（瞪着眼）。火焰突出，你一定记得那些青葱柱石。

悬在谷口的月亮

　　夜月初升的时候，天色仍在黄昏时分。因为天光仍然明亮，所以夜月如影，悬在谷口。在它的下方，远山近树，枝叶青葱，仍似人间夏日时节。事实上，这已经是秋季了，浩荡的通透的风吹过，那薄薄的月光一丝一丝正在呼吸吐纳中的粲然。因为月色悬挂，山谷愈显静寂。然而这是人间的此处，葱茏的烟火与静寂和荒古的夜晚交织，我没有丝毫他处之感。这触目可见的月光和山谷共同生殖、茁壮。无人的水面上，什么也看不见。但水色潋滟，是清晰的。时间的根芽只是在悄然累积，是清晰的。天地间透明如洗，一切都沉着和剪贴如在，是清晰的。月色似乎亘古如此，悬在谷口，芳香扑鼻，而水面映照着它的影子，是清晰的。

天荒地荒人栽树

我知道那里的历史很悠久，简直没有比它更悠久的了。这因此使我看到，任何隐蔽的树木都盖不过日头。它照射的天地人间浩瀚广袤。我还知道那里所有的良辰美景都有一个愿望。当日光拉长，我能理解你无论如何都赶不过来的悲伤。当最早的麦芽发育成长，那里的历史因此变得重起来，肚腹饱胀，充满了一种时间感觉。因此我认为那些老树是"孤独之王"。但事实上不是。它们都有自己的浓荫：繁密覆盖，寂静（广博）如深海。

关于青苗的西西弗

从颜色中嗅出气味，这就是我要做的事。

在过去我屡次抬头，都没有将这个念头压制下来。

西西弗在山上洗衣服。乌云罩着他的影子，他没有手足无措。洗完衣服，他推石上山。很多人都认识他，但帮不上什么忙。他也从不需要。知道了吧？他就是西西弗。

光阴在流逝。青苗的影子也在山上，被乌云罩着。一些小小的宇宙，没有击败"余易木"。

关于我流浪在外面经历的那些事，你一定早已闻知。天色愈暗，声音大了起来。青铜声如"吸引"的瀑布。声音和时间去往那里。

早年，还没有西西弗的时候，大人们也曾自己推石。新年快乐，西西弗！

绿色渗透广袤天地

　　天空之下，万山都是绿的。在这里，绿色渗透广袤天地，葱郁的生命层层叠叠，而人类的痕迹没有堆积。因此，万山都是绿的。绿色制造了景象万千：清澈的溪流、奔跑的兽类、鸟类的啼鸣、云层与山涧——或曰，万山如涌浪，都是绿的？无际涯的涌浪，向着视线的远处长出和延伸。在这里，绿色的生命渗透、充溢于天地，光芒氤氲而透明。万山都是绿的？那身在荒古的造物者喜欢蓬勃的、葱郁的虫鱼鸟兽，因此独自穿行于其间，在此之前，谁曾识得青天的影像？因此，万山都是绿的，馥郁的高地生物渗透绿色广袤天地——

风从山谷中来

　　风从山谷中来。风从山谷的溪水中来。风从树的背后刮来。它给我带来空旷和真正的须臾惊愕。

　　伫立江边，仰目观望，这里没有星河？这里没有战队？这里万物清晰，什么都没有了。

　　正午的风是静止的，只有涛声带来阔海和卵石。山中枯木稀少，这里的一切绿意，都是因为枯木稀少。

　　只有涛声。日色穿透林间瀑布。你听到风中惊涛了吗？无论是多么静谧的枯岩，都生长浸润时序芬芳的苔藓。

　　万人静立江边，而浩荡如昔。你听到万人呼喊而细微涌现的涛声了吗？森林的木石与人间的波澜交接，你听到孩儿们恭谨如仪的涛声了吗？

在最高的日出中飞行

在最高的日出中飞行,你一定会看到晨露初起的样子,你一定会看到秘密山峰。整个星系都在下雨,但日出的鲜艳超越了"蒙蒙薄雾"。日出不会变得"灰蒙蒙"的,它越来越高,直到烈日当空,完全改造周围的结构。隐居在山巅上的人最能感应日出的音律,因为如果他们茫然不知其事,便无法呼应日出的玄机离开大地。而自山巅越出是他们必修的功课。他们的每一日都和日出时的颜色是一致的,因此你看看他们的衣襟,总是宽袍广袖,最能容纳日出中的露珠和风。

夸天赞地八十一偈

延时日久的是那些鹅。我们认识的那些白鹅。山水之间有相逢。延时日久,从未暂歇的是那些饥饿的、叫喊的白鹅。

是那些漫漫山旅。在星星点点的庙宇,在宇宙般的丛林,在起落不定的雨水,在悚然的梦幻,在西游,在熙熙攘攘的人世间——

熙熙攘攘的是那些白鹅,是那些已经凌空跃出的白鹅?在天地间,波浪般起伏的是那些我们向所未至的丛林,但它们已经存在多少年了?

那些如聚的峰峦,我们从未步步踏实,一点一点经过。那些白鹅,江河广阔,那些鸟儿名字,从未与我们所见的重合。

在那遥远的水域,雾气升腾变为白鹅。林木转化变为白鹅。道路广阔变为白鹅。在那白鹅出没之地,青山生息绿水长流变为白鹅。

在我们青睐的天地间，白鹅们惯唱夸天赞地八十一偈。它们各有抑扬韵律白毛浮绿波。它们是造化之初的天鹅。烟火升落，它们是值得颂赞和记忆的天鹅。

狮子、桥梁和猛兽

假如无需经过人类这个中介，那些雕梁画栋的图幅会变得更为简洁一些。狮子从无梦的长夜中醒来，那些蒸腾而来的雾气席卷了整个草原。

在曦光中闪闪发亮的人群没有冲进它们的领地。在通往草原的桥梁上，他们宁静而燥热的心头浮上从草原蹒跚而来的一幕：

他们扶老携幼地睡着了，在夜晚的草丛，猛兽透过篝火的光芒窥视他们。

他们拖着长长的影子与那些猛兽告别。他们设计生活的皮毛，钻木取火，让弥散的浓烟灌溉万物心间。烟雨蒙蒙的草原上他们正在告别。

狮群集会，发出震动天地的吼声，与人的疆域划开界限。

猛兽零散出入的草原上，暴风雨如骤然突袭的大梦"压境而来"。

桥梁上伫立着殿后的数人，他也在那里，楼群中逐梦人的先祖当时也在那里。

他们发出上古之音，祈祷天地，转圜那些天籁般的暴风雨。他们也藏锋于那些荒旷荆棘的后面，无数粒米大小的虫蚁爬进他们的耳郭，爬上他们的鼻梁，爬进他们困极而卧的梦的歧途。

当时这个星球多小啊，后来它才膨胀，撑破了宇宙的束缚，变成一个星群的主体。当时他们的家园多小啊，但粗糙的枝叶也可以包裹他们的身体。

瘦长的山梁也能埋葬他们的骨头。虬曲的棚子也可以迎亲。相识者陌生的劫掠也可以缓解他们的疼痛，增加他们活下去的信心。

一切都未趋向消隐。在暮色笼罩晚日的大地，他们也成为湿润的露水。狮群的主体，压抑的冰火两重天的兽类。通往未来和远古的桥梁同时在恢复。鬼神的号哭不存在了。只有时间在修修补补，找到他们过去的足迹，替代他们归隐。

星群和鹰隼都深入他们苦役般的居息之所。

狮子缓慢地老去，但仍然代代更新，窥视着他们升级了无数次的庞大篝火。在被它们瓜分的少数尸体前徘徊，惊诧地，使来日的船舶绽开。

他们与咆哮和寂静的雷电一同归来。野兽作为他们的图腾被铭刻在时间的廊柱的上方。秘密被公开了：他们的回忆也一下子变成帐幕。

事实上没有一次人类是孤立地存在的。

他们都是这样的：亦步亦趋地生，亦步亦趋地死。

时间的副品

机器造不出时间，造不出宇宙中的空。但机器可以造出它自己，令人类欣喜或悲哀流泪。机器就是时间的副品，流逝也是。

或者它们本身都不存在，是时间的压榨促使它诞生。

时间不会造出自身,那能够成就它的蜿蜒之症。时间也不会制造,但它堆积了如山的尘土。

吾祖承天应命,留下无量足迹。

万佛洞中猫狗,无知无归所有。

爱和身心交瘁也是时间的副品吗?

是的,爱不存在,它是时间的虚影。我们的身与心都是时间的副品。

它没有灵魂,因此也就没有芳醇的叶子。它没有灵魂,因此也就不会使时间增厚。时间只是一根枝杆,因此没有无边的绵密。

时间只是万物的序曲,它没有直觉和温度。

但它是万物的序曲,因此充盈着宇宙中的空。

造 化

造化是一只小鼠。它喝最苦最涩的百味酒。但它遒劲地长啊,万里苍天云边树,便是它后来的转身。

造化是一眼古泉,它酿造和灌溉那乡下的田园。

我记得在山里行走的时候,它还和遍地草叶说着闲话,后来是沉默的黄昏老儿阻止它说。因此它变成了无言的造化。

也有灰色的造化。也有绚烂至极。也有聪明睿智和半边瑟瑟。也有一个良夜无多的造化。

造化是今次和唯一的。你看看那楼顶的青草,终于在寒风中隐没和消逝。

终于,你领略了无边的重物,并飞了起来。

也没有什么遗憾的,当年我们就是这样,或生或死,都被冷静地接受下来。

也没有人开腔探讨一下,万朵云和鲜花及通往南部山区的小路。你直接地穿过那些林带。那林中蘑菇,久不见了。造化是那些皱纹百结的手。

兽类在密林烟雨中嘶吼或静静地站立。在它们旁边,万古流水就像刚刚发生。

老王老王让开路,请唤那些壮年的男子归来。请给他们斟酒。

请听他们说书,不许他们诉苦。他们都不愚钝,请指引他们向山上去。

造化是猛虎,一击无影踪。

在空空荡荡的天底下逗留几十年,造化才不管你呢。造化是不完全的种子。它搜索枯肠也看不到那个倒骑驴的老头。

但造化成熟了。它和那顿顿酒的哥们儿都来自我们的邻里。

在那些年里你不识造化但这没有什么。现在你该明白:除了这里,此刻,造化压根也没有想到要同你说点什么。

它如此沉默。你芬芳扑鼻。

枝　条

是的,唯此刻风中轻拂的枝条才是我生命中确定的动词。那远方的蝴蝶展开翅羽落上柔软的高地。而在乡下,还有更为柔软和遥远的蝴蝶在呼唤密雨。

那干涸的时间的河流里,我看不到你了。我还没有超越此刻云空晴朗的光明而柔软的毛发。生活之湖泛着绿波,你俯首看那些山中日出。悲哀和幸福的春天都潜移默化。我看不到你了,就像你从未拾阶迈步于我的窗前。

月色有时使死亡的面相像黑白的层叠增色。如果是一段秋空长天里的缓坡,你要相信,它的斜面也是直垂穹顶。我不思任何趋避地走向你,写下你的名字。

整个山河气壮的高处,都有你可感可触的名字。

没有一个人会记得你的名字。但是存在明晰,它的铸造机制就像你飞越你相思如梦寐的内心深处。你自然地写下你的名字,那些蜂蜜的动词因此都拥有你,获得你。使你惊悚和忧容如山鬼的正是此刻:你写下你的名字。

让枝条滴落的,正是你日渐沦入烟火和尘埃之色的你的名字。

"爱与惊奇"

将惊呆椅放在那里就好。不要向左挪向右挪,不要碰它的头,不要吹去它脸部的灰尘。不要给它订愉悦计划,就让它大张着口。让它任性地保持它的纯真就可以了。甚至连它身上的毛刺也给它留着,让它使劲地扎疼自己。

在夜里观察龇牙咧嘴的惊呆椅。在那些异地灰尘中,观察它黑暗中处子一般惊奇的面容。念诵唱给它的赞歌,斟词酌句地,表现对它的爱。观察它沉睡中依然没有合拢的心。它流淌着它的颜色的时候,厚厚的帘幕遮蔽了天空,它惊呆自在的样子伫立在遗忘中。